U0856743

西部
文化
旅游丛书 LÜYOU CONGSHU
XIBU WENHUA

相约探秘死亡之海

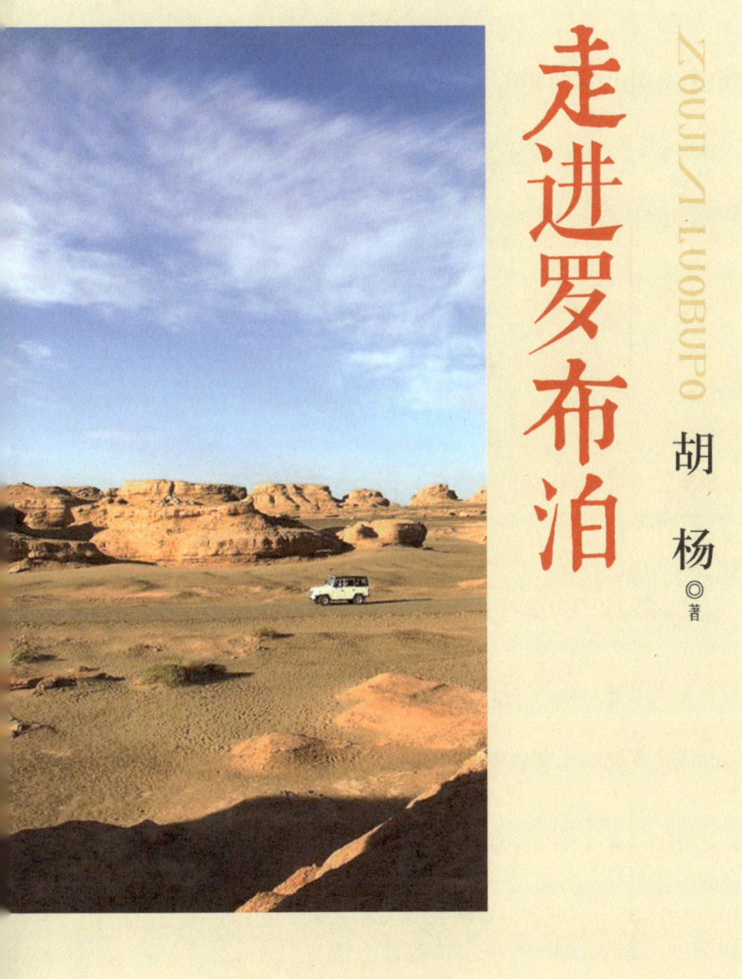

走进罗布泊

ZOUJIN LUOBUPO

胡杨◎著

敦煌文艺出版社

图书在版编目（C I P）数据

走进罗布泊 / 胡杨著 . -- 兰州 ：敦煌文艺出版社，2019.9

ISBN 978-7-5468-1810-8

Ⅰ. ①走… Ⅱ. ①胡… Ⅲ. ①游记－作品集－中国－当代 Ⅳ. ① I267.4

中国版本图书馆 CIP 数据核字（2019）第 209782 号

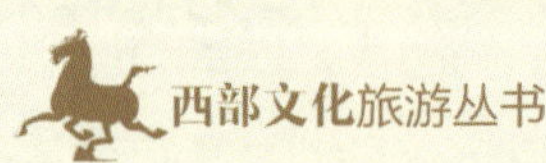

走进罗布泊

胡 杨 著

项目策划：杨继军
项目负责：田 园 马吉庆
项目统筹：马吉庆 徐 淳
责任编辑：张明钰
装帧设计：吉 庆

敦煌文艺出版社出版、发行
地址：（730030）兰州市城关区读者大道 568 号
邮箱：dunhuangwenyi1958@163.com
博客（新浪）：http://blog.sina.com.cn/lujiangsenlin
微博（新浪）：http://weibo.com/1614982974
0931-8773148（编辑部） 0931-8773112（发行部）

兰州银声印务有限公司印刷
开本 787 毫米 ×1092 毫米 1/16 印张 12.5 字数 189 千
2020 年 1 月第 1 版 2020 年 1 月第 1 次印刷
印数：1 ~ 2 000

ISBN 978-7-5468-1810-8
定价：68.00 元

目 录 | CONTENTS

引言 / 001

第一章　敦煌、罗布泊以及丝绸之路

敦煌——古代通向中国的大门 / 008

丝绸之路与罗布泊 / 016

古代丝绸之路经过罗布泊的线路 / 018

丝绸之路上的贸易 / 023

唐代丝绸之路上的贸易 / 025

丝绸之路地区的特殊性 / 027

第二章　罗布泊及其周边地区的自然和历史遗迹

敦煌故城——隔世之星 / 032

黄土断壁寻旧迹 / 035

一匹白马的传说 / 037

玉石时代——玉门关的变迁 / 040

驴子孝 / 047

神秘的军需粮仓——河仓城掠影 / 049

神奇的敦煌雅丹地貌 / 053

古代长城的活化石——敦煌汉长城 / 060

古老的东方哨所 ——阳关探秘 / 064

小河墓地 / 069

尼雅遗址 / 073

火焰山 / 076

坎儿井 / 078

高昌故城 / 080

交河故城 / 083

清政府对罗布泊的考察 / 086

罗布泊名称的由来 / 087

第三章　考察纪实

新月形沙丘 / 090

漫无边际的黑戈壁 / 092

没有预料到的险情 / 095

罗布泊日出 / 098

中国最小的镇——罗布泊镇 / 102

湖心 / 104

余纯顺墓地 / 106

楼兰 / 110

土垠与龙城 / 118

米兰 / 122

罗布泊地区的野生动物 / 127

大漠英雄红柳和梭梭 / 133

苜蓿 / 136

世界上最长的砖砌路 / 138

走进营盘 / 140

神秘的罗布人 / 142

沙漠大叔 / 145

罗布泊的传说 / 148

进入库尔勒 / 150

博斯腾湖 / 151

吐鲁番 / 152

葡萄沟 / 154

第四章　行者随想

走出罗布泊 / 156

旅行者 / 158

古代的行者 / 160

远行 / 162

一个人的罗布泊 / 164

罗布泊的偷渡者和闯入者 / 167

传奇罗布泊 / 170

罗布泊病 / 173

半瓶水 / 176

塔里木河 / 178

罗布泊之夜 / 181

一匹马 / 183

马到底奉献了什么 / 185

罗布泊家书 / 187

参考书目 / 189

后记 / 190

引 言

早在公元前2世纪或更早一些，在那些到处是泉水和沼泽的荒野中，骆驼和马把令人惊艳的丝绸运送到了异乡，于是西方人透过这绝美的丝织品，看见了一个泱泱大国的睿智和气度。从那时起，人们便成群结队地从罗布泊走过，“使者道中相望”的情景让人激动。

在这段辉煌的时光沉寂千年之后，又有人来到了罗布泊，他们是那些为数不多的西方探险家。迎接他们的是无边的盐碱、荒芜的沙漠和破败的古城。罗布泊又一次被世界关注，不过这次，让人们惊讶的是这里环境的恶化和文明的衰败。

20世纪60年代，罗布泊的一声巨响，再次震惊世界——中国在这里成功试爆了一颗原子弹……

在岁月的长河里，罗布泊从来没有寂寞过。甚至在今天也有人说：如果想展望人类的未来，那么，先到罗布泊去看一看。许多富于思考精神的人，总是一次次把深情的目光，投向那遥远的“死亡之海”——罗布泊。

构想罗布泊

2004年10月1日，一架轻型动力伞在敦煌西北部200多千米处的三垄沙雅丹地貌腾空而起，在燃烧的夕阳中，在照相机的快门揌动声中，摄影家王

摄影家王金

金完成了他的第八部个人摄影作品集——《敦煌雅丹地貌的拍摄工作》。就在他走下动力伞的时候，几个穿越罗布泊的人与他擦肩而过。这几个人就像当年的唐僧师徒，衣衫褴褛但神采奕奕。那一刻，罗布泊吸引了他。

最初，王金想驾驶动力伞飞越罗布泊，但查遍了资料，发现地质和气候条件都不适合动力伞起飞和降落，他只好作罢，但考察罗布泊的愿望一直在王金的心里燃烧。经过细致周密的准备，最终他决定驾驶越野车穿越罗布泊。

说干就干。2005 年 5 月下旬，他开始联系向导及保障车辆；6 月—7 月上旬，收集有关资料，确定参团人员，制定穿越计划；7 月下旬，通过甘肃省文物局联系新疆维吾尔自治区文物局，批办进入楼兰、小河墓地的手续；9 月上旬，落实 GPS 定位仪、步话机、卫星电话；9 月中旬，检修车辆，购买给养，制作横幅及宣传品。

9月26日，来自深圳、北京、兰州、嘉峪关的摄影家、作家、编辑、记者王金、张润国、林晶华、范宏伟等15人组成了“走进失落的文明”罗布泊考察队，每人出资5000元并前往敦煌集结。在此之前，考察队员们准备好了个人野营所用的睡袋、帐篷、防潮垫等，野外探险所必需的太阳镜、防风镜、防尘口罩、防晒霜、润唇膏、润肤露、旅行水壶、多功能刀具、防风衣物及保暖内外衣、手套、湿纸巾及登山鞋等，购买了手电筒、打火机、手表和文具用品，自备个人常用药品和能提供热量的食物，如巧克力、牛奶糖、维生素丸等。考察队还请来了乌鲁木齐的专业向导——素有“沙漠大叔”之称的赵子君。现年62岁的赵子君曾数十次穿越罗布泊，可谓罗布泊的“活地图”，其哥哥赵子允是著名的地质工作者，参与过罗布泊及罗布泊周边地区的80余次科考活动，被誉为“沙漠王”。

向罗布泊进发

2005年9月30日，所有的考察队员于敦煌集结完毕。

敦煌，这个罗布泊边缘的绿洲城市，在遥远的古代一直被视为中国的大门，跨出这个大门，就是罗布泊，就是辽阔的西域。由于罗布泊地域辽阔，自然环境极其恶劣，因而也成为生命禁区。

穿越罗布泊存在多种危险因素，如迷失方向、遭遇沙暴、翻车等，在该地区考察探险，随时都可能有生命危险。此外，行程亦十分艰辛，风餐露宿、一个星期无水洗涮、自己动手搭建帐篷等是常态。考察队员们心怀豪情壮志，但对即将遇到的困难，也有清醒的认识。

13时，考察队出发。一辆丰田老款沙漠王，一辆丰田巡洋舰，一辆保障卡车，浩浩荡荡向罗布泊进发。在飞速奔驰的汽车里，想象古代商队驼铃悠悠的情景，考察队员们思绪万千。这一天，他们对玉门关、河仓城、罗布泊前沿的

考察队全体成员出发前在罗布泊边缘敦煌雅丹留念

汉长城进行了拍照和细致的考察，行程 151 千米，抵达三垄沙雅丹地貌，这一特殊地区已被原国家地质矿产部命名为“国家地质公园”。宿营地设在“环保英雄宿营地”，一个简陋的地窝子，是罗布泊探险支持环保事业的第一个志愿者服务站。

第一章 敦煌、罗布泊以及丝绸之路

敦煌

——古代通向中国的大门

了解敦煌，是所有今天想要和将要进入罗布泊的人必须补上的重要一课。在古代，从西域到敦煌或从敦煌去西域，都是一个历史性的时刻。德国人克林凯特所著的《丝绸古道上的文化》一书中，对敦煌的地位、敦煌与西域的关系、敦煌文化对中国文化和世界文化的影响，做了深刻的表述。进入罗布泊的前夜，我认真阅读了这本具有真知灼见的著作。

很长一段时间，丝绸之路东段最重要的文化中心就是位于中国西部、对中国古代文化起着决定性作用的敦煌。在那个年代，敦煌就像中国的大门。有探险家说，敦煌这个边疆哨所在中国历史上各个朝代所发挥的作用，表现在今天依然可见的、围绕着敦煌地区起保护作用的岗楼网上。在其中的一个岗楼里，我们发现了粟特文的信件，信中把中原称之为“内地”。这里所谓的“岗楼网”指的是保护敦煌的中国西北长城，其中的一个“岗楼”则特指玉门关。

从汉代开始，中国长城的西段就矗立着几个极为重要的城市，其中有肃州（今酒泉）、甘州（今张掖）和凉州（今武威），包括敦煌在内，号称“河西四郡”。“列四郡，据两关”在当时是重大的历史事件，它不仅保证了中国对于西部的有效控制，而且对丝绸之路的繁荣也起着决定性的作用。这几个城市位于大戈壁与祁连山脉之间的“河西走廊”。丝绸之路穿过这几个城市以及黄河之滨兰州，抵达帝国首都长安或洛阳。直到吐蕃人于公元 8 世纪—9 世纪占据“河西走廊”

敦煌鸣沙山

为止，活跃的交通一直把敦煌与中原的各个文化中心联系在一起，甚至在西夏人统治时期（11 世纪— 13 世纪），敦煌与中原也存在着交通联系。

对于前往西域的使者来说，在他们横穿“流沙之海”以前，敦煌是被岗楼与烽火台围绕着的最后一个哨所，也是他们筹备粮草和谋划行程的最后一个大本营。未知的前途使他们惴惴不安，也使他们兴奋异常，巨大的押付了生命的挑战由此开始。

由于穿越塔里木盆地的丝绸之路的两条支线在敦煌汇合，所以在那个年代，敦煌是各人种会聚的地方。除了中国人之外，也曾有过粟特人，在早期肯定还有印度人，此外还有吐火罗人、吐蕃人，从公元 8 世纪开始，又有了突厥人。关于这个绿洲的历史，不仅许多重要史籍作过论述，敦煌当地的历史著作和县志也多有记载。

曾于公元400年左右到西域旅行的法显，把这里描写成“戍边地区”最重要的城市。在他的著作中提到，这个绿洲东西约80里，南北约40里。但有一个很要紧的地方，法显并没有提到，这就是莫高窟。莫高窟早在公元366年就已开凿在距敦煌县城约25千米的大泉河河畔的陡壁上。法显的这个疏忽让人惊讶。或许这只能解释为：这些洞窟是在后来才引人注目，这里才成为西部著名的佛教中心的。通过在敦煌发现的公元9世纪的一本地质学著作《敦煌录》我们可以了解到莫高窟的情况：

“州南有莫高窟，去州二十五里……古寺僧舍绝多，亦有洪钟。其谷南北两头有天王堂及神祠，壁画吐蕃赞普部从。其山西壁南北二里，并是镌凿高大沙窟，塑画佛像。每窟动计费税百万，前设楼阁数层，有大像堂殿，其像长一百六十尺。其小龛无数，悉有虚槛通。连巡礼游览之景。”在这段描述中，值得注意的是，除了我们今天尚能看到的莫高窟的洞窟之外，在这个河谷中曾经还有过大量的地面建筑，它们被用作僧房或者礼佛场所，这些建筑上绘有世俗内容的壁画。

莫高窟的闻名，不仅因为它是古代东方的佛教中心之一，更重要的是，它的许多壁画保存了部分中国历史的唯一实证。例如，现存的唐代（618年—907年）绘画很少，而莫高窟的绘画犹如一盏明灯，照亮了那个时代的艺术和建筑学，从中还可了解到当时人们的日常生活。

汉唐时代，敦煌是活跃的贸易中心，佛教寺院则是生机勃勃的文化生活与精神生活中心。经济和文化相得益彰正是敦煌发展繁荣的源泉，也是莫高窟逐渐兴盛的历史必然。在北魏时期（386年—534年）的早期洞窟中，一些壁画中的风景仅仅是宗教画的装饰物。而到了唐代，风景就成了必不可少的内容，它渲染了气氛，使教条的宗教内容有了生机勃勃的生命气象。

今天的莫高窟从南到北有1.6千米长，分布在鸣沙山东侧的陡壁上，这样

敦煌莫高窟

的规模显然不是历史的全貌。在武则天时代（690 年—705 年），这里的洞窟与佛龛数目已在一千以上。

尽管自然的腐蚀与人为的破坏使莫高窟失去了往日的壮观，但今天仍然保留下来 492 个洞窟，总面积 45000 平方米的壁画，2000 多身色彩绚丽、大小不等的雕塑，从几厘米到 33 米高不等，这里所展示的仍然不失为一幅漫长的历史画卷。

最早的洞窟是魏窟，壁画的轮廓刚劲有力，但由于时间久远而变得黯淡。唐代洞窟的遗存情况较好，里面有生动活泼、形式多样的壁画题材。而以黑、白、绿三色为主的宋代壁画，则大多是前代壁画的修复品。从西夏初年以后，新开凿的洞窟只有 18 个，其原因一方面是因为没有地方了，另一方面是由于佛教内部发生了变化：人们越来越乐于建造地面上的寺院，而不愿开凿石窟寺了。

莫高窟 172 窟北壁经变上部东侧飞天

莫高窟的大多数洞窟都是用于宗教崇拜目的的，并因此作了相应的装饰。这些洞窟分布在五个不同的阶层上，原先都有走廊彼此相通，大部分是独立的佛堂。有些洞窟占有特殊地位，里边有立佛塑像或者巨大的坐佛塑像，例如第 130 窟中 26 米高的大佛，根据莫高窟的历史年表，这个佛像被称之为“南区大佛”，造于唐代开元年间（713 年—741 年）。另一个开凿于唐代的 158 窟也很特殊，里面有一个面带慈祥微笑、即将逝世的大佛塑像。这个洞窟的内部造型很像一口大棺材，墙壁上装饰着极乐世界图和花卉图案，那些为佛陀逝世举哀者的悲痛心情，被十分生动地描绘出来。

敦煌的洞窟大多为四角形或矩形。魏代早期洞窟的中央或靠后部分有一个代表宇宙轴心的中心塔柱，塔柱前有一平台，平台上有一坐佛或立佛像，佛像两侧对称地安排有菩萨像，有一部分还有弟子塑像。石窟寺的中心部位是由菩萨和弟子、礼佛者和诸神围绕着的佛像，这尊佛像及其周围人物代表了佛教的一种理想——“佛国”。因此，洞窟就使人看到了超脱尘世的佛的国度，虔诚的人们走进这个洞窟时，他就来到了这样一个地方：尘世间的脏污，包括感官上的欲望和生理上的冲动都没有存在的余地。

在唐代，人们不知疲倦地用越来越绚丽动人的色彩描绘了这个遥远的国度，这里涉及的并非遥远的某个地方，而是一种精神状态。在从汉文翻译成回鹘文的《腹与头的争论》中写道：“如果想到达佛国，就必须纯洁自己的精神（使超脱激情），随之佛国也就纯洁了。”这里说的是精神上的纯净符合于“佛国”的纯洁。

在敦煌艺术中，圆寂后的宁静的佛陀，无论是站着、坐着或者躺着，大多被塑造为静止状态。在佛陀之后，居于第二等级的是菩萨，而艺术的艰巨任务就在于，要在一种紧张关系中来表现这些菩萨，使他们既要不顾自己的解脱而努力使众生获得解脱，又要致力于神圣的最高目标。敦煌艺术以杰出的手法糅合了这种双重任务。这些将来要得到佛的荣誉的候补者，以优美的造型躬身面

敦煌莫高窟佛像

向寻求解脱的人们。他们往往位于一个居中佛像两侧，或者作为佛陀的崇拜者正在聆听佛陀说法。不过他们也可能单独出现，或者作为给他们享受的极乐世界的中心人物，这时他们本身又被一些菩萨所围绕。在级别上低于这些装饰华丽的菩萨的人物，被画得越来越活泼。这些人物中有天王、神仙、力士、伎乐天还有凡人。塑造得特别漂亮的人物，是迎面飞来的天神，即飞天女神。她们穿戴着飘动的衣服和彩带，在天空优美地飞行，是为了去参加佛陀生活中的某件大事。她们往往是从高高的天上飘落下来，其中有一部分手执花环。在所有这些形象中，只要是能够听得到人间疾苦的消息，她就有了一种特殊的责任，会被作为听众表现出来，虽然佛陀及菩萨占据中间位置，但在画面上，她会距离佛陀较近。这样一来，特别是那些杰出的弟子和高僧，就能像菩萨一样被安排在说法佛陀的两侧。

敦煌莫高窟佛像

那些已被充分证实的唐代供养人像向人们表明，每个信佛者都能理解佛法。这些供养人像往往画在洞窟的入口处，有不少是画在一个他所祈祷的神像下边。题记所表达出来的想法，促使这些施主虔诚地供养。这类题记往往注有日期，其中所说出的要求和愿望，与供养人委托他人抄写的佛经中的铭文类似。在这些铭文中，常常呼唤观音给人以平安和幸福，供养人也替他的家庭和国家做这样的祈祷。

由于敦煌佛教艺术属于大乘教思想，并由此而把佛陀的说教作为普遍适用的学理，于是俗人就把自己归入那样一个宇宙整体，所有的宗教人物都属于那个宇宙整体，从菩萨、神仙到普通信众，因能够听到佛陀的说法，觉得很幸福。从宇宙之大来说，佛陀周围能有如此众多的人物，是可以理解的，这是用色彩和造型构成的一种和谐。

举世闻名的敦煌藏经洞收藏的主要是佛教著作，其中有最重要的大乘教佛经，多达几百份手抄本的印刷品。有摩尼教、道教和儒家的作品，也有历史与文学书籍。此外还有占星学、地理学、医学、其他科学著作以及商业文件、证书和典当票据。

那些西出阳关的人，那些九死一生的人，在敦煌，他们觉得冥冥之中有什么在护佑着他们，宗教的到来，一切都这样应验了。因而，一座莫高窟，其实就是永远的精神期待。行走在大漠荒野的人，在任何危急的时刻，都有一个明确的目标——敦煌。

丝绸之路与罗布泊

早在公元前 2 世纪，中国高雅华贵、实用性和唯美特色高度统一的丝绸源源不断地运往西方，当这些丝绸展现在西方社会平淡无奇的生活中时，其光彩立刻显现出来。之后，在古代罗马建立七百年之后的一个盛夏，即公元前 53 年，古罗马“三头政治”之一的执政官和叙利亚的总督克拉苏鲁莽地率领七个军团杀向了东方。在一场决战中，中午阳光灿烂，安息人突然展开他们鲜艳夺目、令人眼花缭乱的军旗，耀眼刺目的军旗使罗马军团备受惊吓，一时间丧失了赫赫有名的勇猛善战的美名和所向披靡的传统，轰轰烈烈的战争以罗马军团的大崩溃和克拉苏的阵亡而宣告结束。那些鲜艳的旗帜，即为中国的丝绸制品。从那时起，丝绸的华美和力量就深入了人心。

一条从汉唐都城长安或洛阳向西经甘肃河西走廊、新疆、中亚、西亚，直至罗马及至更远的运送丝绸的交通大动脉，被后来的学者命名为“丝绸之路”。这条道路，将古代和中世纪的世界大国和世界主要文明地区都串联了起来，犹如一座横贯东西、长达万里、绵延千年的世界史和人类文明史的大舞台，这个大舞台，以恢宏雄伟的大自然为场景，以沿线诸国各族错综复杂的关系为线索，以政治、经济、军事、文化、艺术、宗教事件为主题，展示了纵横捭阖、淋漓尽致、栩栩如生的历史画卷。

丝绸之路出甘肃的河西走廊进入茫茫无际的戈壁和沙漠，穿越了这些戈壁

和沙漠，就是令人心惊肉跳的罗布泊了。一部丝绸之路的历史，早已把罗布泊千百年的变迁描绘得清清楚楚。今天，那些深陷罗布泊的古城楼兰、米兰、尼雅……曾经都是古代丝绸之路上名震一时的商业重镇和交通要塞。在那些地区出土和传世的大量雕塑、壁画等门类齐全、各具特色的艺术珍品，众多的金银器、玻璃器和瓷器等各种遗物精品，至今仍耸立或挖掘出来的规模宏大的古城堡，形制各异的宫殿，庄严肃穆的陵墓，辉煌神秘的寺院、神殿和石窟……都不同程度地复原了罗布泊地区的文明。罗布泊其实就是丝绸之路宏大场景中最精彩的部分，就是丝绸之路历史画卷中最为耀眼的一笔。

罗布泊因丝绸之路而充满诱惑，因文明的无情陨落而充满悲戚和神秘，更因诡秘莫测的自然环境和气象条件让人望而却步又念念不忘。

这究竟是一个什么样的地方，让无数的有志之士舍生忘死飞蛾扑火般义无反顾地投向它的怀抱？一些人来了，丢下了尸骨；一些人走了，带走了风霜；更多的人来了，无限的荒凉让他们惊叹，失落的文明让他们扼腕。

罗布泊却独守荒凉，无言。

古代丝绸之路经过罗布泊的线路

对一方水土熟知之后的进入是一种全新的进入，这样你就会在一个巨大的历史背景上去审查它、观赏它。对于罗布泊也一样，罗布泊是一片干枯的湖泊，除了环境的恶劣与气象条件上不适应生物生存外，其自然景观也是千篇一律的盐碱地。一个对此一无所知的人，一个盲目进入的人，只会被极端的荒凉和干旱所震撼。然而，那些隐藏于岁月深处的罗布泊的变迁和罗布泊所创造的辉煌与奇迹，才是其所有内涵中的核心。

那些勇敢的古人以徒步的方式，经不同的路线走向它，并把不朽的文明播向更加遥远的地方。

从敦煌出玉门关、阳关至葱岭间的道路属丝绸之路中段。丝绸之路中段各线路的走向及其分布，与今新疆维吾尔自治区的自然环境有着直接关系。在今新疆维吾尔自治区与蒙古国边界有着东西走向的阿尔泰山，在今新疆维吾尔自治区和西藏自治区相接的地方有着东西走向的昆仑山，而横贯新疆中部偏北有一东西走向的天山，在天山和昆仑山之间的地域为塔里木盆地，从东到西有白龙堆、塔克拉玛干沙漠，在塔克拉玛干沙漠北缘又有塔里木河，所以把沿天山南麓和塔里木河西行的通道称为北道，即丝绸之路中段北道；把沿昆仑山和塔克拉玛干沙漠南缘西行的通道称为南道，即丝绸之路中段南道。阿尔泰山和天山之间的地域为准噶尔盆地，从东到西有哈顺沙漠（亦称噶顺沙漠、莫贺延沙

古丝绸之路示意图

漠)、古尔班通古特沙漠，在西汉末期开辟，东汉形成的一条通道，我们称之为新北道，即丝绸之路中段新北道。

丝绸之路中段南道东起阳关，一是经白龙堆沙漠，沿罗布泊北岸西行到楼兰城，再南行至扜泥；二是从阳关西行经白龙堆沙漠，从罗布泊南岸西南行至伊循，再西行至扜泥，扜泥是鄯善国都城。楼兰、姑师是西域东边的两个大国，又为孔道，是进出西域的必经之地，而楼兰古城、扜泥、伊循既是交通要冲又为咽喉要道。从楼兰古城向北到焉耆和北道相接，向南到扜泥和南道相接。为了巩固西北边防稳固和交通畅达，西汉时在伊循屯田，东汉末又在且末水域屯田，“索劢，字彦义，有才略，刺史毛奕表行贰师将军将酒泉、敦煌兵千人，至楼兰屯田。起白屋，召鄯善、焉耆、龟兹三国兵各千，横断注滨河。河断之日……水乃回减，灌浸沃衍，胡人称神。大田三年，积粟百万，威服外国”……

由扜泥溯车尔臣河西南行至且末，再西行到精绝、扜弥、于阗。于阗是一个大国，国都西城位于于阗河（今和田）河畔，是南道上的一个重镇，东汉后期，

古疏勒河道

这里是西域长史的驻地。从于阗向西到葱岭有两条道：一是经皮山、莎车、无雷，经明铁盖山口进入瓦罕河谷走廊，西行至蓝氏城；二是从于阗出发行至皮山，再向西南行至西夜、子合、乌秅，经红其拉甫达坂，南行至难兜，再经悬度，到罽宾国都城循鲜。

葱岭，即今帕米尔地区。据《汉书·西域传》颜师古注《西河旧事》云："葱岭其山高大，上悉生葱，故以名焉"，汉属西域都护府之地。两汉时期，先后有几个国家活动于此，是经丝绸之路中段南道去中亚、西亚、南亚的咽喉要地。这里峡谷遍布，沟壑纵横，冰川雪峰，山高水深，悬崖绝壁，道路崎岖。有因海拔高而空气稀薄的大头痛山、小头痛山；有山高陡峭难行的乏驴岭；有艰险的乌孜别里山口、明铁盖山口、红其拉甫达坂。尤其是兴都库什山间的悬崖、幽谷险峻，道路不通，“往往有栈道，下临不测之深，人行以绳索相持而度山”、“畜坠，未半坑谷尽靡碎；人堕，势不得相收视；险阻危害，不可胜言”。这种险峻的地理环境，阻隔着中西交通，然而生活在帕米尔高原的各族人民，在汉代就已开发了这个世界屋脊，为开拓东西道路交通创造了条件。

丝绸之路中段北道东起玉门关，西至疏勒。其基本走向是：出玉门关向西北行，经哈顺沙漠西行至高昌、交河城。高昌、交河是丝绸之路中段北道的交通重镇，高昌又是戊己校尉的驻地，东汉时曾是西域长史的驻地。两汉时期在两地均派有官兵屯田。从交河西南行到危须、焉耆治所员渠南行至尉犁，西行到乌垒。这些国家均在今开都河和博斯腾湖一带，是扼天山南北的要道，自然条件优越，物产丰实，土地肥沃，便于灌溉。匈奴定楼兰及旁 26 国，就在这里设立僮仆都尉，对西域进行统治。西汉收西域 36 国，断匈奴右臂，设西域都护府管理西域，治所就在乌垒，并置烽燧，驻屯兵，防御匈奴，保证交通畅通。由乌垒西行至龟兹治所延城。东汉时班超通西域后，西域都护府设在龟兹境内的它乾城。由龟兹西行至姑墨治所南城。由姑墨西行越葱岭有两道：一是西行至温宿，再向西北行出拔达岭，即今别叠里山口到乌孙治所赤谷城，再西北行至滇池，沿滇池南缘西行至都赖水畔的郅支城；二是由姑墨西南行至疏勒，西北行至捐毒治所衍敦谷城，休循治所鸟飞谷，大宛治所贵山城，北行至康居的郅支城，西行至康居国都卑阗。

丝绸之路中段南道东端，从楼兰古城向西北行至焉耆，由于阗往东北行，穿越塔克拉玛干沙漠至焉耆，西端线路由莎车西北行至疏勒，都与丝绸之路中段北道相接，使南北线路联结成网络。

丝绸之路中段新北道在西汉没有取得对匈奴战争胜利前，由于匈奴对北线的阻挠，所以南道比北道畅达，郅支单于失败后的近半个世纪内，北道也畅达起来。随着中西交往的频繁，开辟了丝绸之路中段新北道，以适应中西交通发展的需要。汉平帝时，戊己校尉徐普发现，从车师后国通过五船北可达玉门关，既可避开沙漠（即白龙堆沙漠、哈顺沙漠），又可缩短里程和时间，建议西汉朝廷开辟这一通道。新北道的开通，加强了西汉与西域各国的联系。直至王莽建立新朝后，西域叛汉，道路不通。东汉时窦宪北伐，打败北匈奴后，班氏父子又经营西域成功，击败了北匈奴的残余势力，丝绸之路中段新北道才得以畅通。汉顺帝永建六年（131 年）东汉设伊吾司马，屯田积谷，护卫新北道。新北道的大致走向是：从敦煌出玉门关后向西北行至伊吾、蒲类，再西行至车师后城长国治所金满城，卑陆治所乾当谷，东且弥治所兑虚谷、单桓，西且弥治所于大谷、乌贪訾离，沿天山北麓西行，至精河西南行，过伊犁河至乌孙国治所赤谷城。新北线东端自伊吾西通车师前王国治所高昌，西端自赤谷城东南通姑墨，与北道相通。

这样，丝绸之路中段南、北、新北三条线路相通，构成西域四通八达的交通线路，为东西文化在西域的交流提供了便利条件。而东西走向的南、北、新北三线平行，成为中西道路交通的大动脉。

在这漫长的古道上，罗布泊以它广阔的胸怀迎接了南来北往的商旅、使者、戍卒，人类历史上的中西沟通因而开启新纪元。

丝绸之路上的贸易

沙漠上，骆驼逶迤前行，叮当的驼铃声对于寂寞的骆驼客来说，是最动听的音乐。驼背上被麻布捆得严实的负重，是他们的利益所在。无论走到什么地方，只要那些东西还在，他们的脸上就总是有着灿烂的笑容。那个时代，丝绸贸易的巨大利润使无数的冒险家赢得了快乐，也品尝了痛苦。

西汉初年，汉朝国力衰微，对匈奴实行“和亲”政策，把宗室成年的女孩嫁给匈奴单于，每年送给他们大量的布絮、缯、酒、米等衣料、食物，并在边境设市贸易，主要以轻便易带、单位价值较高的丝制品为主。史载，汉使到大宛，“非出币帛不得食，不市畜不得骑用。所以然者，远汉，而汉多财物，故必市乃得所欲”。西汉的拳头产品是丝绸，西域的拳头产品是良马。此外，中原内地通过河陇丝绸之路输往西域的，还有漆器、铜镜、“黄白金”、铁器铸造、开凿井渠的方法及建筑技术等；汉朝从西域得到的，除了梦寐以求的宝马，还有玉石、葡萄、苜蓿、石榴、胡桃、黄兰、酒杯藤、胡麻、胡豆、大蒜、乐器等。

那时候，中西往来的商人和使者们虽然心怀某种特别的好奇，但那漫长的旅途确实很辛苦，有时甚至要付出生命的代价。《汉书·西域传》上说：“拥强汉之节，馁山谷之间，乞匄无所得，离一、二旬，则人畜弃捐旷野而不反。又历大头痛、小头痛之山，赤土、身热之阪，令人身热无色，头痛呕吐，驴畜尽然。又有三池盘、石阪道，狭者尺六七寸，长者径三十里。临峥嵘不测之深，行者骑步相持，绳索相引，二千余里，乃到县度。畜坠，未半坑谷尽靡碎；人堕，势不得相收视；险阻危害，不可胜言。”

丝绸之路兴盛之时，数以千计的过往商人、使者，数以万计的驻防和戍守军队需要食物和军需品的供应，这从商品经济的角度看，它促进了这些地区的商业活动。丝绸之路阻塞的时候，西域各民族和中原内地的贸易无法正常进行，他们或者武装抢掠，或者通过“献国珍宝”而得到中原王朝的黄金、锦绣、布絮、饮食等赏赐，或者“远驱牛马，与汉合市”而满足自己的需求。

丝绸之路上的重镇，在设县、修官府的同时，也规划和修建了“市”，市是商品交易的地方。汉简中记载：“酒泉郡中，持牛车二两，谨案：市人齐毋官狱征事”、“家私市酒泉，持牛车二两……”这极大地满足了经济贸易的需求。

古代丝绸之路的起源和发展，本质上是贸易的力量，至于后来它所发挥的军事作用和文化交流功能，却是附带产生的。现在人们一提起丝绸之路，就十分夸大它的军事作用和文化交流功能，这实在是个误区。

唐代丝绸之路上的贸易

唐代，丝绸之路把都城长安和中亚、西亚、东欧等地区紧密联系在了一起，联系它们的纽带，是商业贸易。丝绸之路编织了一个巨大的交通网。沿途的市镇，又通过纵向和横向的延伸将丝绸之路两侧更远的地区纳入这个交通网，使其成为一个发达而又便捷的交通体系。在这个交通体系中，有密如繁星的城市，有控制人员往来的关、卡、守捉，有提供食、宿、草料的驿站，有林立的客店和商铺，也有大型的"市"即现在的集贸市场。不少已出土的文书和简帛都记

录了西域商人前来内地经商的事，如《唐开元二十年瓜州都督府给西州百姓游击将军石染典过所》中记载，石染典一行有作人、家生奴四人，驴十头，至瓜州“市易事了，今欲往安西”，中间又到沙州（今敦煌），伊州（今哈密）市易，过所上有沙州市令，伊州刺使的押印，他们的往来行踪，有着严格的路线图。

唐朝初期，对于“市”的设置有着硬性的规定，“诸非州县之所，不得置市。其市当以午时击鼓二百下，而众大会，日入前七刻，击钲三百下散。其州县领务少处，不欲设钲鼓，听之”。到了后期，随着商品交换活动的日益频繁和商业经济的不断繁荣，各地普遍出现了草市、集市，一些人口集中的城市还出现了夜市。加之丝绸之路沿线自古就是多民族聚居区，每个民族的生产、生活方式不尽相同，必须通过商业交流，调剂生活余缺，交换产品的欲望和要求更加强烈。在河西走廊一带，出现了凉（武威）、甘（张掖）、肃（酒泉）、沙（敦煌）等一批著名的古代国际性市场。

唐代，丝绸之路沿线物产丰富，见于记载的有：粮食、瓜果、油、麻、布及野马革、羚羊角、牛羊皮毛、牛酥、毡毯、褐等，比较有名的有凉州的草编织品、肃州的夜光杯等，还有琳琅满目的地方特产如麝香、甘草、雄黄、枸杞、苁蓉、黄矾、石膏、蜜蜡等。那个时代，粮食的交易受到严格的控制，敦煌文献记载,永泰年间（765 年—766 年）河西巡抚使判集中有甘州向肃州籴粮,“肃州语闭粜，不许甘州交易”，以防止本州粮食外流，河西巡抚使仲裁词中要求双方“商贾往来，请无壅塞。粟麦交易，自可流通”，以民间的商贸来解决个别地区的粮食紧张问题，是一个特殊的例证。

来往于丝绸之路的贸易者，他们不辞辛苦来回转运各地的货物，满足各地的需求的同时，在那“危峰峻壑、猿径鸟道、路眠野宿、杜绝人烟、鸷兽成群、食啖行旅”的艰难条件下，缔造了丝路沿线地区的经济发展面貌。

丝绸之路地区的特殊性

在丝绸之路沿线，一般情况下，定居区为绿洲，游牧区则广袤无垠。在大草原或者是游牧地带，没有一个大的政权长期存在过，总是一个种族撵走另一个种族。就像逐水草而迁居的生活，四处漂泊；就像容易拆卸的帐篷一样，谁先来到这个地方，谁就扎下了帐篷，而遇到更强大的对手，要么灭亡，要么逃走。

绿洲中的村庄和城市曾经有过相对稳定的政治实体，但他们常常受到外来因素的侵扰，比如游牧者的武装挑衅，其他大国的威胁和占领，他们基本上处于藩属地位。

在这一地区，多民族杂居，从来没有一种语言充当过某种文化的基础，相反，源于伊朗、印度以及中亚的各种语言包括汉语倒是对绿洲的精神生活做出过自己的贡献。

游牧部落虽然居无定所，但还是有一定的规律，这就是：随着他们的畜群在夏季牧场和冬季牧场之间来回迁徙。因为其他部落不断来争夺祖辈生活的地盘，他们只能被迫去寻找新的牧场，于是就不断发生部落迁徙的事件。迁徙过程中，也免不了发生大大小小的争斗，不仅是游牧部落之间，农业区和城镇也遭到抢掠，挑起了农业区复仇的火焰。相互间的血腥残杀，使土地上已有的收获化为灰烬。因此，农业区的住所往往修筑很高的围墙，庞大的家族势力有武装保卫；城镇则夯筑了雄伟的城墙，城门上有士兵把守。

有时候，绿洲和草原之间也存在着井然有序的联系，游牧者用自己的产品去交换农产品，交换中，丝束普遍被作为经济活动的结算单位或实际贸易单位，内地则用游牧民族需要的丝绸去换马匹。

文明成果的积累，首先是从定居开始的。当游牧民族以羡慕的目光审视定居者的富庶时，不平衡的心理状态和现实促使他们去改变目前的状况，因此，不稳定的因素是长期的，文化的更迭和重塑也是频繁的。

在丝绸之路沿线地区，河西走廊长期保持了汉文化的特色。在地理上，它正好是中原与西域之间的一个过渡带，这个过渡带的文化应该说是中西文化的交汇，汉文化的强势推进又使之包容了各民族的文化，形成了独特的河西文明。一时间，河西成为西域与中原保持联系的大都会，武威、张掖、酒泉、敦煌，犹如一颗颗璀璨耀眼的明珠，光照千秋。

第二章

罗布泊及其周边地区的自然和历史遗迹

敦煌故城

——隔世之星

城池的变迁，使真实的历史隐匿于黄土的深处。再次探访久远岁月的故事，荒草丛中，空留几截残垣断壁；白云悠悠，鸟鸣凄凄，让人徒增几分悲伤。

敦煌故城坐落在今敦煌市城西半里许的党河西岸，这座丝绸之路上的名城重镇，只有一些无法辨认其真切形制的黄土夯层努力保持着历史的纯朴风貌。

敦煌故城

夕阳中的荒野

古老的遗迹被生机勃勃的原野包围着，目睹这丰厚的历史积淀和新鲜的村舍炊烟，恍若隔世。也许，只有失去了的东西，才最能勾起人们思念的情怀。“古城晚眺”是被作为敦煌十景，名列榜首的。

挑一个霞光普照的黄昏，最好是在夏季，凉风吹拂，从敦煌市区散步而至，一路上瓜果飘香，绿荫重重，当脚下的田埂明显变得宽厚，才怵然觉得有些异样，殊不知已踩定了汉代的城墙，千古的沧桑，隐藏得让人无法觉察。名士济济、驼队商旅川流不息的喧嚣没有了，一座名垂华夏的壮丽城池消失了，无尽的岁月之上，草木青青，物换星移，只在厚重的史册，点缀着青铜一般的文字。但人类的记忆不能抹去，即使是这样荒芜的景致，它仍然是一个能够眺望的地方。在无限的夕阳中，波涛起伏的鸣沙山犹如燃烧的火焰，绿洲的美艳尽收眼底。也只有这样的眺望，才能使人领略敦煌的含义。从戈壁和沙漠抵达敦煌，也就是从极度的绝望看到希望，让人喜形于色，情不自已。壮烈的情怀，自然流露在文人的笔端。

雉堞迷离映夕阳，城西原是古敦煌。
榛苓已作今时慕，禾黍谁怀故国伤。
最羡三秋呈霁色，依然四郡镇岩疆。
闲来纵目荒郊外，一阵清风晚稻香。

在一派祥和富足的田园锦绣之中，人们不愿意再去想象战争的烽火；一任时光冲刷尽昨天的伤痛，只在今天的美景中畅游。

黄土断壁寻旧迹

只凭几处斑驳的城墙，很难追忆漫漫往昔，打开尘封的史册，也许才能让我们面对真实的历史。据史料记载，自两汉至隋唐，敦煌故城村坞毗连，佛塔遍地，市场广大，贸易繁华，一直是丝绸之路上的咽喉锁钥。这里有良好的自然环境，祁连山的雪水所形成的水系在此由疏勒河与党金果勒河灌溉着大片的绿洲，数条河渠，构成了完善的水利系统。每当立夏之后，山暖雪消，河水猛涨，甘甜而又充沛的雪水使这遥远的绿洲充满无限的生机。充足的物资，使过往的商队、旅行者、城市居民以及众多的军士得到理想的供给，对于穿梭于丝绸之路的人们来说，敦煌不亚于传说中的天堂。当人们九死一生，走过碛石盐泽，关垒塞障，看见敦煌时都免不了发出一声惊叹：多么美妙！

纷繁的历史，省略了过多的苦难。汉元鼎六年（111 年）修筑敦煌郡城。晋隆安四年（400 年），敦煌太守李皓曾据此城称梁公，建西凉国，公元 405 年迁都酒泉。公元 421 年北凉沮渠蒙逊攻此城时，三面筑堤，城破西凉国灭。唐武德二年（619 年），在此置州，因城南有沙山而取名沙州，此沙山峰危如削，孤岫如画，深谷高崖，瑰丽多姿，乃敦煌名胜，曰鸣沙山。宋景佑初年，地入西夏。元世祖至元十四年（1277 年），在此复立沙州，后又升为沙州路总管府。明永乐三年（1405 年）置沙州卫。正统十二年（1447 年）废。清雍正三年（1725 年），在故城东另筑卫城，据说在这一年，党河决堤，山洪暴发，顷刻之间，

敦煌古城的残垣断壁

城池冲毁，城府吞噬，迫使故城居民弃旧城筑新城。今天我们看见的故城遗址呈长方形，东墙已毁坏无余，南、西、北三面有断断续续的城垣。据测量，城东西长 718 米，南北长 1132 米。在城西北角有一处城墩，下部为夯土版筑，上部多用厚大土坯砌成，通高 16 米。城南有一座造型别致、古朴典雅的宝塔——白马塔。

一匹白马的传说

相传前秦时，西域高僧鸠摩罗什骑着一匹名叫“天骝”的白马，历经千辛万苦，东传佛教，行至敦煌。佛教传入中国，有两条路线：一是由东南亚从海上进入广州；一是经中亚到西域从陆路进入敦煌。敦煌是佛教东渐的中继站，从西域来的僧侣，长途跋涉，走过无垠的戈壁，体力消耗、物资匮乏了，必须在这里休整，一方面做好东去传教的准备，一方面清理经卷，在敦煌做一番宣讲，这样的机遇，在其他边远的绿洲几乎不可能遇到。因此，众多信奉佛教的人千里迢迢奔赴敦煌，就为了聆听佛学圣言。一时间，敦煌佛学兴盛，僧侣如云。

敦煌固然自然灵秀，物产丰盈，但也正是它重要的地理位置和特殊的资源环境，使它成为战事纷乱之地。敦煌最早是月氏的故地，匈奴强大起来之后，赶走了月氏，并威胁到中原的安危，汉朝大败匈奴，在此建立了政权。此后，吐谷浑、吐蕃、回纥相继与中原王朝争夺敦煌，战火迭起生灵涂炭，财富瞬间化为乌有，田园被暴虐的铁蹄践踏，将军和王室一夜之间成为阶下囚，安居乐业、和平幸福的梦想变得遥不可及。人们无法预测自己的命运，眼见沧海桑田，痛感人生无常。这时候，一种与黑暗动乱的现实世界相对应的超现实的幻想世界就产生了，人们需要一个大慈大悲的宇宙主宰给予他们可怜和安慰，为他们脱离苦海指出一条光明之路。此时，佛教之于敦煌，如精神的大河，冲洗着人们灵魂的苦难。

白马塔

当时，前秦的统治者苻坚在占领河西后，为实现他“统一四海”的壮志，便派遣大将吕光率步兵7万，骑兵5000讨伐西域。大军从长安出发，经河西走廊，出敦煌玉门关，入西域先抵焉耆，进军龟兹，大破龟兹等多国联军，“斩首万余级”。吕光一时“耀武西域，恩威甚著”，特邀龟兹高僧鸠摩罗什，一同东归，途经敦煌。对于鸠摩罗什这样的西域高僧的到来，敦煌所表现出的热情着实是盛况空前。不料，高僧抵达敦煌之后，他的爱骑——那匹“天骝”白马却一病不起。一天夜晚，白马突然对高僧吐露人言：“我乃上界天骝龙驹，奉星主之命，伴你传教。进关之后因道路艰险，风沙弥漫，故由我驮你而行，此时已入阳关大道，前途光明，我已完成使命。”说毕，白马化作一片彩霞冉冉升向天空，并发出一阵尖利的长啸。鸠摩罗什猛然惊醒，原来是一场噩梦。就在这时，随从急来禀报：“白马死了。”高僧痛失白马，百感交集。想起白马与自己一起度过的那些艰难的日子，不觉流下了眼泪。为了报答白马辛劳无怨的长途护送之恩，鸠摩罗什不惜重金修建了一座塔寺，安葬了白马的遗骸，这就是我们今天看到的白马塔。白马塔高叠九级，表明白马已有九龄；塔壁形奇饰异檐牙高啄，或八角形，或五瓣莲……是为白马做的道场和升天的仪仗。如今，白马塔虽经历一千多年的风霜雪雨，却依然庄重绚丽，光彩如初，尤其那高耸的塔顶和飞翘的檐角，犹如白马昂奋的头颅，有破壁而出之感。据当地老百姓说，农历七月二十四，是白马下葬的日子，每年的这一天，塔下还能隐隐听到白马的长嘶声。

玉石时代

——玉门关的变迁

在古老的汉帝国的边防线上，一座关口的名望历久不衰，充满诗意而又凄凉幽怨，积聚梦想而又磨砺重重，这样的关口，可能就只有玉门关了。

“黄河远上白云间，一片孤城万仞山。羌笛何须怨杨柳，春风不度玉门关。”唐王之涣的《凉州词》把万千征守者、行旅者的无限辛酸凝聚于方寸锦帛，浓稠如玉，无法化开。黄土、红柳、苇草夯筑的堡垒以及形单影只的边墙，并不是玉门关全部的风景。疏勒河从遥远的雪山排空而下，在这里有着它迷人的风

玉门关

姿：清波荡漾，绿色漶漫，群鸟翔集，甚至有不安分的野兽探头探脑，向人们搔首弄姿。春风，它应该是得意尽了。然而，历史对于这样的地域却设下了“天降大任于斯”的磨难。一队队兵马、商客，一脚踏出，等待他们的，就只有漫漫的黄沙、戈壁，死亡的预兆布满遥不可及的终点。盼望、回归、期待，使一座狭小的边防站成为希望与绝望、生命与死亡的分界线。

玉门关真实的意义，在每一个出关和入关者的眼神里，清晰、确凿。在历史的巨大背景中，玉门关的设置与这样一些重大的事件息息相关。公元前 156 年至公元前 87 年，汉武帝派张骞两次出使西域，将西域的草原和骏马、习俗与物产纳入了汉王朝的视野；之后民族矛盾激化，汉王朝三次大规模出击匈奴，廓清了西部边境的军事威胁，“列四郡，据两关”，一条贸易往来和文化交流的大道——丝绸之路宣告畅通。中国特有的丝绸及其他物品源源不断地运往西方，西方的音乐、宗教以及葡萄、石榴、核桃、苜蓿等也相继传入中国。丝绸之路的开通，深刻影响着此后的中国和世界历史，这一伟大历史成就，是在河西修建了完备的军事防御工程——长城的基础上才得以完成的。在长城的护卫下，敦煌以至河西全境免于匈奴和羌人骑兵的侵扰，社会经济得到了全面恢复和发展。以敦煌为大后方，以长城的延长线——从玉门关到罗布泊的烽燧防御警戒系统为依托，西汉王朝进而完全控制了天山以南、昆仑山以北的塔里木盆地全境以及塔里木盆地以西的部分地区。在长城的拱卫下，玉门关挺拔耸立，成为汉代敦煌西北一个中原通往西域和西域前往中原的必经关口，它是敦煌这个丝绸之路总枢纽的一个重要开关。玉门关，在军事上是一个坚固的前沿堡垒；在和平的日子，又是一个通商口岸，负责征税、缉私，保护商旅的人身安全。玉门关因和阗美玉经此输入中原而得名。想当年，玉门关下使者“相望于道”，“驰命走驿，不绝于时月；商胡贩客，日款于塞下”，各种皮肤、各色服饰穿梭于水泊深草，各种方言谈论共同的话题。战事骤起，关门幽闭，出击的骏马，前

玉门关远眺

蹄不安地刨地，烽烟升起，金鼓敲响的一刻，仿佛空气都凝固了。

今天，当我们作为一群历史的追随者，从敦煌备足粮草，踯躅西行，绿洲的明媚逐渐远离，扑朔迷离的风尘弥漫前程，心情又是不一样的。沧海桑田，疏勒河无奈的干枯，使玉门关的形象更加接近那诗句中凄凉的情境。沙丘上稀疏耸立的红柳以及极尽生命状态的旱苇在飘摇，似乎顷刻就要折断。而高岗之上的玉门关，萎缩于千年的黄土之上。

我们也在问自己：这就是玉门关？然而再想一想，汉代以来的数十个世纪，即使是钢筋铁骨也难免被岁月的风霜改变得面目全非，何况一座黄土堆砌的城堡？放眼望去，一座四方形的小城堡矗立于东西走向的戈壁梁上，南部是盐碱沼泽地，北边不远处是哈拉湖，再往北是长城，长城北是疏勒河故道。长城逶迤蜿蜒，每隔十里或五里，筑有一座烽火台。“青海长云暗雪山，孤城遥望玉门关”，身临其境，才能真切体验到古人的哀思。

玉门关关城全部由黄土夯筑而成，面积约 600 平方米。城垣东西长 24.5 米，南北宽 26.4 米，残高 9.7 米。城墙上宽均为 3.7 米，东西墙下宽 4 米，西北墙下宽 4.9 米，开西、北两门。城顶四周有宽 1.3 米的走道，设有内外女墙。城内东南角有一条宽不足 1 米的马道，靠东墙向南转上可直达顶部。

玉门关碑文

玉门关的兴衰，无疑是丝绸之路兴衰的缩影。在丝绸之路的黄金时代，玉门关进入了一个内涵丰富、润泽八荒的玉石时代。那时候，出玉门关步入丝绸之路的北道，经车师前北庭（今吐鲁番西）向西南通焉耆（今焉耆西南）、乌垒（今轮台东）、龟兹（今库车）、姑墨（今温宿）、疏勒（今喀什），越过帕米尔高原，直达地中海东岸地区。丝绸、美玉在这条异常艰苦的道路上，如同信念中的水源滋润着人们的心田，把人们疲惫的脚步送入生命的绿洲。而玉门关，正是希望的开始。

玉门关自建立以来，由于历史的变革几度变迁。东汉初，玉门关还雄立故址，但到了和帝时（88 年—105 年），匈奴屡犯边陲，玉门关被迫关闭，关址

玉门关

东移 200 千米，设在今玉门市玉门镇。后朝廷派班勇为西域长史，班勇率兵西进，重开西汉玉门关，并率领西域各族大破北匈奴呼衍王，进一步巩固了汉朝对西域的统治。六朝时期，因安西通哈密一线日渐险要，玉门关迁至瓜州晋昌县境内（今安西双塔堡附近），汉玉门关再度废弃。隋唐时也设玉门关，但都不在汉玉门关址，据考证，那时的玉门关设在今安西锁阳城一带。宋以后，海上丝绸之路的开通使历代昌盛的陆上丝绸之路日渐衰落，唐玉门关随即成为永久的遗迹。玉门关频繁的迁移是因每个时代的民族矛盾所决定的，但真正矗立于历史巅峰的仍然是汉玉门关的雄姿，这不仅在于它是守卫河西的前哨，还在于它为促进民族团结、加速文化交流所发挥的巨大作用。从这个意义上讲，一座黄土筑就的关口，早已珠玉生辉了。几千年的时光能够抹去一切，也同样能够抹去玉门关的容颜。关于汉代玉门关的确切位置，争论颇多，说法不尽一致，但大多数观点都认为汉玉门关在今敦煌西北。玉门关的重新发现，许多学者把它归功于斯坦因。1907 年—1915 年，英籍匈牙利人斯坦因先后两次对敦煌的长城烽燧进行考察发掘，共获得汉代简牍 789 枚，在小方盘城附近的黄土堡遗址发现的一枚汉简上清楚地写有“玉门都尉”字样，特别是在距小方盘城不到 90 米的一座古驿站遗址中还出土了大量文书，斯坦因根据出土的汉简和文书，认定小方盘城就是汉玉门关。

无论学术界的争论怎样向更加精确的方向迈进，都不影响人们对那段辉煌

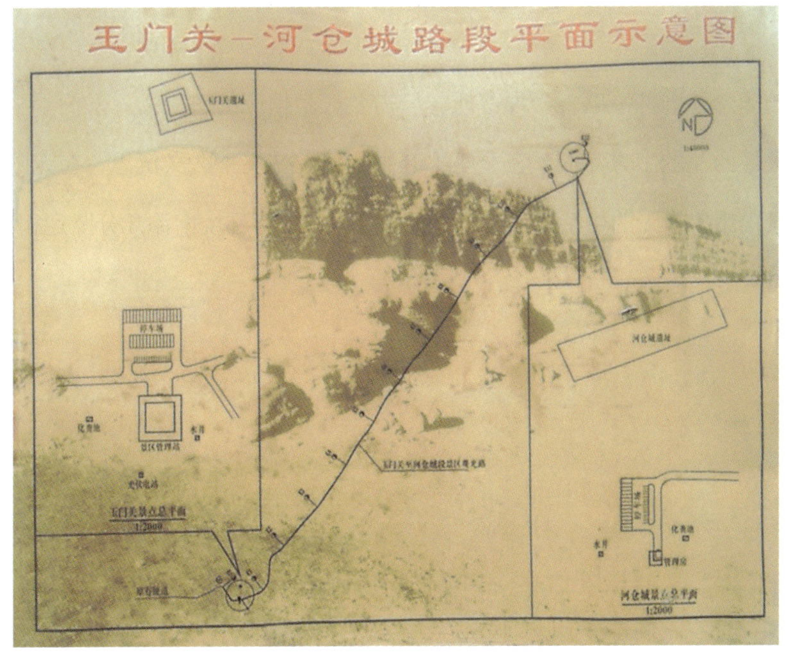

玉门关地图—河仓城路段平面示意图

玉门关局部

历史的怀念，一种情感，一种寄托，只需要一个相应的对应物。人们千里迢迢直奔敦煌西北的小方盘城，在一座不起眼的黄土城堡下久久沉思，在无限荒凉的背景中想象祖先的生活和追求，从而对自己的生存环境增添几分坚定和自信。

驴子孝

玉门关外，有一座很有意思的坟墓，这里的有意思，不在于坟墓的形制有多么奇特、规模有多么宏大，而是因这座坟墓葬了两头驴，而且立了一块石碑，刻有碑文，很庄重，也很大气。驴是种勤劳的动物，但就是因为那个驴脾气，名声一直不好。通常说到驴，一般都是骂人的话。而在名震四海的玉门关，在它的保护区内，堂而皇之地为两头驴下葬、起坟、立碑，坟与碑的位置正好与玉门关遗址遥相呼应，成为一处让人肃然起敬的景观，这就让人不禁疑惑了。

关于这两头驴，有这样一个动人的故事：一个牧人在玉门关外放养着一大群驴，当冬季来临，驴群将要返回敦煌时，一头母驴病倒了，不能进食、奄奄一息，眼看驴群渐渐远去，它的孩子——一头小驴却依偎在它的身旁，眼含热泪，守护着母亲。母亲去世，小驴也绝食而去。

据说这是一个真实的故事。那一年正好有一个前往罗布泊的探险者来到这里，看到这样的情形，大为感动，就用重金买下了这两头驴的尸体，然后挖坑、掩埋、堆坟、立碑，这件事情耽搁了他两天的行程，但他觉得，这是一件有意义的事。

墓碑上的铭文是这样的：辛巳春，有老者牧驴于玉门关外，一母驴病，驴群远去，驴子守护母驴，伤心不已。母驴死，驴子不吃不喝，啾啾恸哭，撕心裂肺，饮风泪死。有远方客只身徒步前往罗布泊，途经此地，闻之，谓之“母

驴子孝碑

子情深驴之孝”，曰“人连驴不如”。厚埋驴母子，立碑以警示后人。辛巳皋月，有心人。

在罗布泊，这是一个流传很广的故事，“驴子孝”因而成为一处名胜。

神秘的军需粮仓
——河仓城掠影

大军未动，粮草先行。冷兵器时代的战争更是如此。

当远古敦煌那丰美的绿洲被掳掠的马蹄践踏，当凄惨的烽烟笼罩了全部的朝霞和夕阳，一队队运粮的马车神秘地消失于敦煌西北部的荒原大泽，随着一阵阵尘土的散落，莽莽苍苍的大地又归于千年的沉寂。

秦末汉初，雄踞于中原北部的匈奴东灭东胡，西驱月氏，南破楼烦、白羊，北服浑庾、丁零，拥有“控弦之士三十万”，建立起东起东北，西达西域的强大的奴隶制游牧国家。他们占领河西走廊之后，直接威胁着中原王朝的安危。

到汉武帝继位时，匈奴的不断侵扰，已经成为一个必须解决的问题。元狩二年春，霍去病等“将万骑出陇西……转战六日，过焉支山千有余里”。同年夏，又出北地，“涉钧耆，济居延……”两次远征，大破匈奴，同年秋，浑邪王杀休屠王，率众降。自此，河西归汉。“列四郡，据两关”，一是为了保证丝绸之路的畅通，保障中西文化经济交流的正常进行，开拓、经营河西；二是因为河西走廊的军事战略地位决定了汉政府必须护卫河西、控制西域、保障中原。历史上，河西走廊一直是秦陇的西部门户和中原王朝向西发展的重要根据地。占领河西，就可以割断蒙古高原和青藏高原游牧民族的联系，并能进而向西控制西域。《读史方舆纪要》载：“昔人言，欲保秦陇，必固河西，欲固河西，必斥西域。”

河仓城

大量的屯兵驻守，后勤补给是必不可少的。尤其一些规模较大的粮仓，维系军事安全，必须为其选择更加隐秘的战略要地。玉门关下的河仓城在岁月的长河中一直默默无名，大概也就是这个原因。从玉门关抵达河仓城约有 15 千米。在疏勒河的南岸，河仓城矗立于平坦的碱滩之上，北部是茂密的芦苇，城南是高大的石岗，即使车行至河仓城不足百米，也很难发现这座城池的存在。

河仓城也叫大方盘城，位于敦煌市区西北约 90 千米的戈壁滩上，比汉玉门关（小方盘城）约大一倍，故名大方盘城。伦敦藏唐《敦煌录》有河仓城储备军粮的记载，因此人们认为它就是河仓城。据考证，河仓城始建于汉代，是一座储存粮秣的仓库。

我们从玉门关出发，时而奔驰于疏勒河谷地，沙尘飞扬，旱苇和骆驼刺随处可见；时而攀上石冈，荒原景致尽收眼底，远处飘动的海市蜃楼，近处光秃秃的沙梁，绝无人迹，凄凉无限。当一个烽火台映入我们的视野，我们陡然间兴奋起来：河仓城到了！

我们的车从高岗上拐下之后，疏勒河也从这里转了一个弯，伸展至遥远的罗布泊。这时候，疏勒河才揭开它那神秘的面纱，露出了它的真面目。

看见河仓城的第一个感觉是：悲壮！曾经是一个完整的城池，曾经是一处威严的战略要塞，如今已是满目疮痍，像一个老态龙钟的哲人。城为黄土版筑，呈长方形，东西长 132 米，南北宽 17 米，残垣最高处大约有六七米。城内筑南北方向土墙两堵，把整个城隔成了三部分。南北残壁上留有小洞，专家认为是通风设备，许多粮食储藏在这样一个狭小的空间，巧妙地利用地形地势和建筑自身的条件解决通风问题，体现了古代戍边将士的智慧。每部分均开南门，外围东、西、北三面加筑两道围墙，第一道围墙断壁尚存。1943 年，西北科学考察团历史考古组曾在此城掘得石碣一块，上刻“晋泰始十一年”字样，说明晋代此仓库仍在使用，同时考古人员还挖掘出糜子、谷子、大麦等粮食。

在河仓城遗址，疏勒河古河道依稀可辨。虽然河道随着季节性水量变化较大，但河岸边的红柳以及旱生植物却生长得格外茂盛。走近河道，牧人的牛羊在远处吃草，几匹毛驴不时撒欢叫几声，颇有几分情趣。秋后，河道水源充盈，不知名的野鸟成群飞来，在水上嬉戏。秋黄塞外，这里却是绿色摇曳。

在河仓城的西北部，蜿蜒伸展的汉长城是一处登高远眺的好去处。作为军事防御体系，从整体上，河仓城与汉长城是不可分割的。疏勒河汉长城，在古代曾是一道扼守西域的坚实屏障。《汉书·匈奴传》中说：疏勒河汉长城，一是可以防止做了俘虏的匈奴将士的子孙不安贫困逾境投奔亲人；二是可以防止被迫起义的各族人民在紧急时北奔投敌；三是可以防止边境奴婢不堪愁苦，羡慕“匈奴之乐”而向北逃亡。汉武帝太初元年（前 104 年），始筑敦煌至罗布泊屏障。敦煌西北绵延一百多千米都是盐碱沼泽地，汉长城就筑在沼泽之南，

河仓城

巧妙地利用敌骑无法逾越的沼泽形成坚不可摧的军事屏障，保证了中原西大门和丝绸之路的畅通。在敦煌西北的戈壁上，疏勒河汉长城东起安西东碱墩，沿疏勒河南岸蜿蜒北上，逶迤向西，经东泉、河仓城、哈拉淖尔、玉门关……正西入盐泽（罗布泊）。在敦煌境内全长约 150 千米，沿长城一线筑有烽燧 70 余座，在马圈湾一带保存较完好。长城内侧高峻处，烽燧土台相望，其中距玉门关以西 3 千米处的当谷燧、烽火台积薪保存更为完好。

玉门关、河仓城、汉长城互为呼应，在古代的西部边陲守卫着敦煌和西域的大门，历史却只把名垂青史的机会留给了玉门关和汉长城，河仓城只有在寂寞中承担着自己的责任，在无尽的回忆中，挺立自己残破的身姿。

神奇的敦煌雅丹地貌

雅丹是维吾尔语，原意是指有陡壁的小山。在地质学上，雅丹地貌专指经长期风蚀，由一系列平行的垄脊和沟槽构成的景观。

在罗布泊的前沿，在古丝绸之路通过的地方，在神奇的敦煌，雅丹地貌以其夺人魂魄的魅力，吸引着来自世界各地的游客。

还是在几年前，中国地质工作者首次深入敦煌附近180千米处的无人区魔鬼城，对这一国内最大的雅丹地貌区域进行了全面考察后确定，这是继乌禾尔魔鬼城、诺敏风城魔鬼城之后发现的第三处魔鬼城，也是国内已经发现的最有观赏价值的一片雅丹地貌。

新发现的这处雅丹地貌，当大风刮过时，会发出各种怪叫声，因而被人们称之为魔鬼城。这一地区距敦煌市区约170千米，位于甘肃、新疆交界处，紧挨罗布泊。据初步测算，敦煌魔鬼城长宽各20千米、总面积约为400平方千米，相当于8万个连在一起的足球场大小，平均形成时间是70万年到30万年前。

有关专家对敦煌魔鬼城的评价相当高，认为第一是面积大；第二是雅丹地貌的特征典型；第三是地貌造型奇特，应该说是地质奇观，在全世界都罕见。

敦煌雅丹地貌地处玉门关以西90千米的大漠深处，这里是罗布泊的东部前沿。

首先映入人们眼帘的，是一座拱形的建筑，上书“敦煌国家地质公园”。

在游客接待处，可以看到专门介绍敦煌雅丹地貌的电视专题片，可以参观敦煌雅丹地貌的图片和实物展览，也可以在这里登记住宿、就餐，十分方便。

沿着一条柏油马路，可以乘车前往景区参观。

与别的地方的雅丹地貌不同，敦煌雅丹地貌矗立在一望无际的沙漠上，沙漠不是我们通常所看到的那种醉人的金黄色，而是一马平川的黛青色，就像一片浩瀚无际的大海，雅丹地貌就像大海中的舰艇。难怪敦煌雅丹地貌有一处“万舰出海”的著名景点。

由于风长期猛烈地侵蚀，敦煌雅丹地貌松软的沙土石被卷走，地面被侵蚀成规则的沟壑，而坚硬的土石层则成为高矮不等的土岗，并被刀刻斧凿般地雕成一个个状如人、马、骆驼、孔雀、乌龟、狮子、鳄鱼、石柱、蒙古包、宫殿、城堡、蘑菇等千姿百态、惟妙惟肖的造型。各种风蚀地貌造型多样，各具特色：其中以佛殿城堡式最为典型和奇妙，让人仿佛置身于天竺佛国的圣殿经堂，各种各样的佛龛佛窟随处可见，有的似布达拉宫，有的如吴哥窟；还有各种奇形怪状的动物雕像，千姿百态的飞禽、栩栩如生的走兽，除此之外，各种“亭台

敦煌雅丹国家地质公园

楼阁”造型精美，形态逼真，使人赞叹不已，几乎每一处景点都可以引出一段奇特的故事。面对这奇异迷人的景象，就是最富想象力的诗人、画家，恐怕也要望景兴叹，眼花缭乱而无处下笔。走进敦煌雅丹地貌，开始是“金狮迎客”，接着有“孔雀开屏”，最后有两座土柱组成的拱门，叫作“凯旋门”……不过，敦煌雅丹地貌处在一个低洼的背风处，一般来说，这里的夜晚还是十分幽静，漫天星光，一带银河。只有个别情况下，这里才会有狂风大作的情形。每当夜幕降临，劲风吹过时，这里便发出恐怖的呼啸，犹如千万只野兽在怒吼，令人毛骨悚然。

敦煌魔鬼城位于丝绸古道边，西出敦煌，沿途经过的闻名中外的玉门雄关与充满生机的绿洲、苍凉的戈壁、雄壮的沙丘以及多姿多彩的残山和干涸的河床等景观，构成了集人文与自然景观为一体的旅游线路，具有极高的研究价值和观赏价值。

黑色的砺石沙海，黄色的黏土雕像，在蔚蓝的天空下，各种造型惟妙惟肖，有的高达 43 米。

在敦煌雅丹地貌中，最有名的是三垄沙雅丹群。三垄沙雅丹群西与罗布泊连通，属于中大型雅丹群，且造型丰富多样，地貌群的高密集度也为世界罕见。

这片雅丹地貌完全直立在平坦的戈壁滩上，整个连成一片。远眺犹如一座建筑风格典雅别致的古城，其城墙、街道、楼宇高低不同，错落有致，如同建筑师精心修筑一般……

三垄沙的雅丹分布区长宽各 10 千米，土丘高大，大多高 10 至 20 米，长 200 至 300 米。三垄沙的地名始见于汉代，位置在古玉门关外，丝绸之路北线由此通过。三垄沙雅丹，其走向与常年的西北风风向垂直，与山地洪水流的方向一致。 因其土台形状近似，走进之后容易迷路，若碰上沙暴，风啸如鬼哭，

敦煌雅丹国家地质公园

敦煌雅丹国家地质公园

情景十分险恶，在古代被人们视为畏途。目前敦煌雅丹已成为入罗布泊驻扎营地的最佳地点之一。

人们或许还记得电影《英雄》中有这样一幅令人难忘的画面：残剑与飞雪身着白衣，在黄土堆成的城堡间纵横驰骋……这大气磅礴的景致就是敦煌三垄沙的雅丹。

雅丹自 20 世纪初被作为一种地貌形态的专有名词载入各种教科书和地理读物以来，已逐渐为人们熟悉，尽管绝大多数人并不曾目睹过它，以为这是一个舶来语。其实，“雅丹”是一个地地道道的新疆“乡土货”：19 世纪末 20 世纪初到新疆考察的中外学者，像斯文·赫定、斯坦因等，他们看到戈壁荒原中大面积隆起的土丘，遂向当地的向导询问其名，答之曰“雅尔当”，维吾尔语中即“陡峭的土丘”之意，后经转折翻译，“雅尔当”变成了“雅丹”。在中国西部，雅丹地貌的分布十分广泛，可以说比比皆是，其中著名的有克拉玛依的乌尔禾“魔鬼城”，因采获40多条翼龙化石而名扬中外；昌吉市奇台县将军戈壁“魔鬼城”，因发现大量的硅化木森林化石而名扬四海；还有罗布泊雅丹群、吉木萨尔北沙窝的五彩湾等，但从面积之大，景点、造型之独特，地貌类型之全面，旅游品位之高等方面来讲，当属敦煌新近开发的雅丹地貌群旅游区，即敦煌国家地质公园。它是我国第三大雅丹地貌群，也被一些学者称之为“西域第一魔鬼城”。远在一亿多年前，这里湖泊广阔，气候温和，植物茂盛。随着岁月的流逝，湖泊消失了，巨大的地质构造运动，把深埋地下的土层抬升成高山。这里因地处风口，最大风力可达10级至12级，强风大雪，日久天长，便形成了今天这种奇形怪状的地貌，如遇雷雨天气，随着闪电的或明或暗，土山的形状亦变幻不定，如同怪物起舞，再加上强风穿越其间时发出的尖厉呼啸，更加狰狞可怕。魔鬼城，真是名不虚传。

雅丹地貌是在季节性洪水的冲击、侵蚀、下切水平岩层后形成冲沟，再在定向风的作用下，使岩石迎风端和侧翼面抛光或凹槽化；在胶结很差的湖积物上起作用，这样便形成了许多的风蚀垄槽、风蚀脊、风蚀残丘，这些地貌在风携带的沙砾的吹磨下，各种奇特的造型便产生了。

走进敦煌雅丹地貌，那奇形怪状的断垣残壁、危楼斜宫，立即把人带入一个神秘的幻境。穿行在魔鬼城的“曲径幽巷”里，你会胆怯起来，觉得四面那怪如棺椁的土屋里似有幽幽的魔鬼眼睛在盯着你看，偶尔还有从身后传来的悠悠细长的“鬼”叫声，使人毛骨悚然，此时你感觉像是走进了迷魂阵，如掉进了鬼宫一般，会晕头转向，东西难辨。

当然，如果你有雅兴，想骑上一匹骆驼，像古代的商旅和使者那样走进它，那么，这整整一座“人间天堂”就都是你的了。

古代长城的活化石

——敦煌汉长城

敦煌西北部的汉长城，是中国汉长城遗址中保存最完整、规模最大的汉长城，具有一定的研究价值和观赏价值。

敦煌西北部的汉长城，是河西长城的重要组成部分。自汉以来，河西就是古代中原王朝西北边防的战略重地，因此有“欲保秦陇，必固河西，欲固河西，

戈壁上的汉长城

汉长城

必斥西域”（顾祖禹《读史方舆纪要》卷63《甘肃镇序言》）的说法。从那时起，伴随着举世闻名的丝绸之路的开通，河西广阔的土地上就开始了大规模的长城修整。史书记载，汉代从令居（今永登）向西北，经居延海、金塔、酒泉、嘉峪关北，延至玉门、安西、敦煌，直至罗布泊，修筑了河西到新疆的长城。这段长城在嘉峪关以西，基本上是沿着疏勒河流域修筑的，至今一些地域仍然有明显的遗迹，我们称它为疏勒河流域的汉长城。

疏勒河流域的汉长城，从玉门饮马农场蜿蜒向西，沿布隆吉、桥湾，再经西湖越柳敦公路进入敦煌北部的哈拉诺尔，过玉门关、河仓城折向西南，抵达榆树泉盆地，全长约400千米。

疏勒河流域的汉长城中，玉门、安西境内的遗址破坏较为严重，或者断断续续无法辨认。只有敦煌西北部玉门关以北盐池湾到马圈湾约11千米的长城保存最为完整。因此，一般来说，疏勒河流域的汉长城，其最具代表性的就是这段长城了。这段汉长城已经得到了有效的保护，周围安装了铁栅栏，有重点文物保护单位的标识，几处点燃烽火所用的“大苣”遗迹也避免了被风沙吹散的危险。沿着这一线向西北行进，可以看到汉长城的遗迹若隐若现，个别地段被风沙吹成了“鱼脊形”,大多数有明显的痕迹。从这些尚存的汉长城遗迹走过，历史的风霜扑面而来。

从整个建筑形式看，敦煌的汉代长城采取了因地制宜的办法，依山河形势，就地取材。在一些地段夯筑了塞墙，一些地段开挖了壕沟，一些地段是纯粹的自然屏障，而另一些地段则仅是简易的烽火台与栅栏式的防御工事。沧桑巨变，历 2000 年的风雨剥蚀、风沙掩埋与人为破坏，这些长城大多已面目全非，或被夷为平地，踪迹无寻；或颓为土埂、浅沟，已失却往日的风采。唯有那残迹犹存的烽台，在向人们诉说着汉塞的走向与历史。在沙进人退的历史遗憾背后，为我们今天的旅游增添了许多好的去处，为我们凭吊历史保留了些许的线索。

当我们来到敦煌汉代玉门关附近，远远望去，汉塞犹如一条没有尽头的苍龙，横卧于沙漠瀚海的天地之间。至今，这段汉长城残留的高度仍有 3.75 米，基宽 3 米，顶宽 1.5 米。因当地多沙砾、碎石，缺乏用于夯筑的黄土，古人也就采用了非常独特的建筑方式。先以红柳、芦苇编成框架，中间实以砾石，层层叠压而成。为确保其稳固，又以芦苇、红柳、胡杨和罗布麻等夹砾石层层夯筑。残垣最高处约 4 米左右，芦苇等层厚 5 厘米，沙砾层厚 20 厘米，黏结非常牢固，可谓我国古代独创的“混凝土”。长城内侧高峻处，烽燧墩台相望。台以黄土为基，上部用土坯垒砌，高者达 10 米。台旁墙坞内有戍卒所居小舍，备弓弩刀剑、石块等防御武器。烽顶小室为戍卒日夜警戒执勤的岗哨，如发现敌情，昼则升烟，夜则举火，相互报警。由于自然的原因，敦煌玉门关西北一带，地势低洼，盐分较高的地下水使砾石凝结，坚实无比。虽经千百年的风雨侵蚀，仍屹立于戈壁风沙之中，实为我国古代军事及建筑史上的一大奇观。

烽燧遗址

目前，长城作为中华民族精神的象征，已被整体列为世界文化遗产加以保护。敦煌市博物馆还辟有旅游专线，为希望一睹汉长城风采的海内外游客提供各种服务。在神奇的戈壁瀚海，遥想昔日烽烟四起、战马嘶鸣与商旅穿梭的情景，会使人不由自主地跨越那悠远的时空，置身于梦幻般的现实。“不到长城非好汉”，到了长城，不到敦煌玉门关一带目睹汉长城的遗迹，则更是遗憾。

古老的东方哨所

——阳关探秘

当我们沿着先祖的脚印，出敦煌西南 70 千米，绿洲散尽，一片荒漠横亘眼前。开通于纪年前，喧嚣了一千多年的中国古代交通要道——丝绸之路，就是从这里进入了最困难最艰险的旅程。因此，一个小小的东方哨所，在无名的寂寞中，送出了无数的商旅驼队，迎来了九死一生的将军戍卒，它几乎是悲凉、愁苦、思乡、送别、欢乐、喜悦、回归等种种复杂情感的象征，被蒙上一层神秘、梦幻般的色彩。追溯阳关的往昔，必须从这里继续向西，出阳关，沿塔克拉玛干大沙漠南缘，经鄯善（今若羌）、且末（今且末西南）、精绝（今民丰北）、于阗（今和田南）、莎车等地，翻越世界屋脊，经大月氏（今阿姆河流域中部）再向西，到达安息（历史上曾称波斯、波力斯，即今伊朗）。这条线路被称为丝绸之路的南道，在这条线路中，绿洲如同一个个遥远的驿站，被沙海分割，沿途戈壁沙石、雪域冰川、高寒缺氧、干旱无水，到处充满着死亡的气息。丝绸之路，并不像飘逸的丝绸般让人浮想联翩。早在汉武帝时，张骞两次奔波于这条路上，历时数十年，创造了中西贸易往来和文化交流的新纪元；公元前 105 年、公元前 100 年，汉细君公主、解忧公主和她们的随从、仪仗、陪嫁、香奁从这里浩然西去，一股烟尘充斥着历史的悲哀，“和亲”的字样，犹如几滴晶莹剔透的眼泪，掩藏于典籍的深处。公元 1 世纪，行进在这条道路上的有班超及其伙伴，班超在西域生活了三十多年，以后，他的儿子班勇又继承了父

阳关

亲通西域的志向和事业；公元 2 世纪，安息王子安世高从这里东往洛阳；公元 399 年，65 岁的东晋高僧法显从这条路线越过风雪帕米尔高原，那时，塔里木盆地东南部所有的绿洲水源都枯竭了，变得无法通行，是他给后人留下了一份游历印度的游记；八百多年之后，意大利旅行家马可·波罗也是越过帕米尔高原，顺着这条线路进入中原的，他的著作《马可 · 波罗行纪》成为古代中西文化交流的重要文献。历史远去，阳关的辉煌不再，但它作为时间长河中的标记，却为众多的后人所凭吊。对于阳关，大多数人是通过王维那首脍炙人口《阳关三叠》中“劝君更进一杯酒，西出阳关无故人”所了解的。阳关的哀愁弥漫于中国文化的教育空间，以至于阳关的真实面目越来越不清晰。

阳关，汉武帝时设在河西走廊西端的重要关隘，军事地位十分关键。魏晋时在阳关置县，唐代还在继续使用。玄奘取经，从天山南麓西入阳关回到长安。著名边塞诗人岑参于唐天宝年间在安西北庭节度判官任上写道：“二年领公事，两度过阳关。”那个年代，阳关受风沙侵袭，已成为荒漠孤关；宋辽以后，来

自西北面的沙漠不断前移，人员东撤；元朝时，阳关已被流沙吞没。“阳关隐去”的说法，即指此而言。因而，几个世纪以来，阳关的确切位置一直是个谜，人们仅凭各类典籍的记载进行推测。

《旧唐书·地理志》寿昌条目下载“阳关，在县西六里”;《新唐书·地理志》云“自沙州寿昌县西十里至阳关故城”;巴黎藏敦煌石室本《沙州图经》残卷记：阳关“在县西十里”。这些文献中虽然有“六里”和“十里”两种说法，但所指的县城均为唐寿昌县治。寿昌县汉时叫龙勒县，是敦煌郡所辖六县之一。相传，有一匹十分了得的龙马，速度快如雷鸣闪电，朝发咸阳，暮及边关。当龙马西行至阳关南部 180 千米处的一道山梁上时，遗失了一副金质的衔勒，怎么也找不到。因为是龙马遗失金勒的地方，这道山梁，就被命名为龙勒山，又因为县治在龙勒山附近，县名就成了龙勒县。唐武德二年（619 年）改名寿昌县，归沙州管辖。之所以改名为寿昌县，是因为城南 5 千米处有个寿昌海，是汉武帝时出“太乙天马”的渥洼池。史载，南阳新野有一名暴利长，汉武帝时被发

配至西域，在敦煌屯田。在艰苦无聊的日子里，他经常游荡于渥洼池边，看见成群的野马在水边吃草嬉戏，其中一匹马十分怪异，“沾赤汗，沫流赭”，这就是所谓的汗血马，亦称千里马，被汉武帝颂之为天马。暴利长聪慧伶俐，想了一条妙计捕猎此马。他先按照自己的样子在野马出没的地方做了一个手持勒绊的土人，开始野马有些害怕，久而久之，野马习以为常后，暴利长便移去土人，自己站在那里，抓住有利时机，捕获了那匹马，立了大功。渥洼池随即也声名大震。今天，寿昌城虽然历经千年的岁月风霜，但遗址仍在，这就为找到阳关故址提供了可靠的依据。寿昌城西有一片很大的谷地，叫古董滩。过去，一阵狂风之后，总会有不少古代兵器、货币和生产工具等露出地面，从这一现象推断，人们认为“古董滩是汉以来的阳关”。但是，古董滩只有遗物而没有遗址，阳关是否在这里，仍无法确定。1972 年，考古工作者对此地进行大规模的文物普查时，由古董滩出发，翻越 14 道沙梁，发现了上万平方米的版筑遗址。经试掘，房基排列整齐而清晰，附近有断断续续宽厚的城堡墙基，还发现了一

阳关道

些遗物。从整个布局来看，这里正处在南北烽火台之间，初步判断这里就是阳关故址。如今，我们已看不到阳关故城了，只能看见阳关遗址周围的十几座烽燧，其中古董滩北面墩墩山顶上的烽火台地势最高，保存也最完整，残高 4.7 米，上宽南北 8 米，东西 6.8 米，底宽南北 8.8 米，东西 7.5 米，有“阳关耳目”之称。我们权且以此进入对古阳关的想象，在它的目光注视下，在荒原的高地上，在游览的人群中，我们暂且把自己作为一个古代的行旅者，与博物馆提供给我们的历史线索一起，观察真实的过去。阳关虽然是一个军事要地，但商旅和军队的往来使这里又形成了基本的集镇性质，驿舍、店铺也随之兴起，人们的别离，在这里得到适当的缓冲。

千里送君终有一别，阳关可能是最后的相送。在这个景点中，现代人煞费苦心，增建了“阳关道”和“独木桥”，让游客走过来、走过去，体会古人的辛酸；修建了别致的亭阁长廊，勒石刻碑，豪迈悲凉的诗文，让这里充满了浪漫气息。但真切的感受却一点也不浪漫，要是几个现代朋友在亭阁中把酒迎风，目睹荒芜的无边无际，喝不了几杯，就要烂醉如泥。

这就是阳关，它的沉思，如铁般浓重不化。

小河墓地

“在他们的最后睡眠中，一切都忠实地汇入了死亡。亲属们为他们准备了阴间的给养和维持以往人间生活的一切象征性物品。数不尽的风暴在他们头上呼啸，在宁静的夜幕下，永恒的星河就高高悬挂于头顶。每一个夏季，火一样燃烧的太阳都会照射在他们的躯体上，他们如此幸运地得以长时间拥有着一个和平的安息地，直到某一天，有陌生人来到这里，才搅扰了他们不醒的长眠——就为了发现一些未知的东西。”这是考古学家贝格曼对小河墓地的描述。

小河墓地位于罗布泊地区孔雀河下游河谷南约 60 千米的罗布沙漠中，东距楼兰古城遗址 175 千米。小河墓地整体由数层上下叠压的墓葬及其他遗存构成，外观为沙丘，看起来好像平缓的沙漠中突起的一个椭圆形沙山。据考古学者初步判断，这儿的“上千口棺材的坟墓”封存了至少 3000 年的历史。

走进小河墓地，走进这个茫茫沙漠中凸起的椭圆形沙山，让人震撼的是山上密密麻麻矗立着的多棱形、圆形、桨形的胡杨木柱，这些木柱由于经年的风吹日晒，外表粗糙而皲裂，但它们仍然像最初一样坚守自己的位置，表达已逝者的意志和思想。看见这些朴素又大气的地面遗物，就如同走进了史前的洪荒时代，被笼罩于无限的神秘之中，那是一种挥之不去无法摆脱的像空气一样时刻环绕着你的神秘。在这样的环境中，人会不由自主地屏住呼吸，小心翼翼地踩在沙土上，生怕弄出一丁点声音来。

小河墓地由于处于孔雀河南部支流小河东侧约 4 千米处，因最初构筑墓葬时的人工堆沙及不断的自然风积、河流冲击，沙山越积越高，高出地表 7 米多，整个墓地面积约 2500 平方米。

小河墓地有许多难解之谜，有待未来的科学考古去求证。比如：墓葬为什么要一层摞一层？那些胡杨木柱都有什么寓意？茫茫沙漠腹地，为什么会有这么一座孤寂的墓地？里面葬的都是些什么人？……

根据已经发掘出的保存完好的小河墓葬，考古学家推理了当时埋葬的过程：先挖一个竖穴沙坑，坑中放置船形棺，再用粗芦苇绳捆扎好木板室外部，木板室顶部与泥土外壳接触面之间，再用几根更粗的芦苇捆绑，下葬后，在东北、西南角各插一根木棍，用来系芦苇绳头，最后在泥壳木棺周围栽上高约 5 米左右的多棱形胡杨木柱。这些木柱围成直径两米多的柱圈，柱上涂红色，柱顶变颈处用草绳悬挂着牛头……发掘过程中，在木柱圈内和周围发现有大量的牛头、羊头，考古学家认为是当时人们举行祭祀活动后留下的。

考古学家在木板室内还发现了大量的随葬品，有木雕人像、插有长条形青石棒的裹皮角状器、木罐、草编篓、盘子等。其中的 4 具女尸都是成年女性，干尸面部部分已经干裂，身上披着黄色的斗篷，脖子上挂着色彩鲜艳的粗毛线项链，戴着金耳环……根据丰富的饰物和随葬品，考古学家初步推断，泥壳木棺内所葬的女性地位特殊。至于女性干尸的年龄、种族还有待进一步考证。

其中的一个墓室面积有 7 平方米左右，深约 1.5 米，由多棱形的粗木柱和宽平的木板构筑，墓室中部立隔板，形成前后室。室内壁板、木柱上绘红、黑色 S 纹、竖条纹、网格纹等。考古学家发现，在墓室外壁蒙盖了多层牛皮，牛皮上又敷着碎草。围绕墓室堆积着大量的碎泥块，而墓室前壁两侧碎泥块上叠放着 7 层牛头。墓内不见人骨，考古学家在附近的沙子中发现一节肱骨和胸骨，经鉴定，它可能是一位成年女性的骨骼。

小河墓地底层墓葬全景

木雕人面像和木雕人像是考古学家在泥壳木棺中发现的，全用胡杨木雕成。木雕人面像是用一块椭圆形木块雕刻而成，很小，直径只有 9 厘米左右，雕刻手法简单。而木雕人像工艺则显得复杂些，身体部分裹着羽毛，羽毛用棕色的羊毛绳固定，值得注意的是，木雕人像的双耳上挂着圆圆的铜耳环。小河墓地的发掘显示，3000 多年前，这里已经出现了青铜，但没有用它做工具或者器皿，它可能是小河人的一种饰物。

从发掘出的上千件文物中可以看出，草、毛、皮是当时人们生活中的主要依赖。在成人墓里，逝者都是头戴毡帽，帽上缀着红毛绳、伶鼬皮、羽毛，足蹬短腰皮靴，腰着腰衣，身裹毛织斗篷，斗篷用木别针插别。有意思的是，考古学家在每个斗篷旁边都发现了一个小包，包内有麻黄草枝、麦粒或粟粒。

小河墓地墓葬因男女性别不同，所着的服饰和随葬物品也明显不同。在考古中发现，不同墓区和层位随葬品组合、器物也有变化：男性毡帽上插排状羽饰，女性毡帽上插单杆羽饰；男性斗篷穗多位于下摆，女性多位于颈肩；男性腰衣似带，女性腰衣如裙;1 至 3 层所出的腰衣结构简单，多是平织的单色织物，而 4 至 5 层的腰衣则能织出红色的阶梯纹。

直到今天，对于考古界来说，小河墓地的神秘面纱仅仅掀起了一角，许多鲜为人知的秘密有可能早已被时光淹没，也有可能重见天日，人们翘首期待着……

尼雅遗址

尼雅遗址位于塔克拉玛干沙漠南缘民丰县喀巴阿斯卡村以北 20 千米的沙漠中，是一个以东经 82°43′14″、北纬 37°58′35″为中心的狭长地带。东西向 7 千米宽，南北向 25 千米长，散布在尼雅河古河床沿线。

公元 3 世纪，发源于昆仑山脉吕士塔格冰川的尼雅河经此向北延伸，那时这里还是一片繁荣的绿洲。1700 多年以来，由于气候和地质的变化，河床退缩，这里已经退化成为典型的流动沙丘地貌。但近百年来的考古成果已经证明，这个“东方庞培城”的存在是铁的事实。

到底是什么让一片繁荣的绿洲毁于一旦？是肆虐的风沙，是河流的改道，还是强烈的地震、百年不遇的沙尘暴？或者是战争、瘟疫……谁也无法得知这个秘密。罗布泊周边的许多盛极一时的城市都是这样消失的，消失得无影无踪，没有丝毫的线索让人们走进这秘密的中心。

一般认为，沙漠周边居民群落的消亡总是伴随着河流的退缩、改道或其他自然条件的恶化，但对尼雅遗址的考古学、气象学、水文地质学的综合研究表明，尼雅文明的消亡极可能不是由于自然条件的变异，而是由于军事、社会或其他突变因素引发的结果。

该古城 1901 年由斯坦因首次发现，1906 年他再度对该遗址进行调查发掘。斯坦因两次共发掘废址 53 处，掘获佉卢文木简 721 件，汉文木简、木牍数件以及武器、乐器、毛织物、丝织品、家具、建筑物件、工艺品和稷、粟等粮食作物。同时，他还对这些遗址进行了测绘。其考察成果公布后，轰动了世界。继斯坦因之后，1905 年美国人亨廷顿，1911 年日本人橘瑞超等先后涉足此地。此后，斯坦因于 1913 年和 1931 年又来过两次。

在尼雅遗址，1959 年发掘的东汉夫妇合葬墓是新疆重大的考古发现之一。墓中出土了两具干尸和一批珍贵文物，其中蓝底卉染棉布残片和棉布裤被认为是我国迄今所见的最早棉织物。从 1989 年起，以新疆维吾尔自治区文化厅与日本小岛康誉为首的有关学术团体，有计划地开展了中日尼雅遗址联合调查与考察，取得了许多重要成果。通过综合调查，业已查明尼雅遗址位于尼雅河末端已被黄沙埋没的一片古绿洲上，在古尼雅河谷的沙丘链之间，以佛塔为中心，呈带状南北延伸 25 千米，东西扩展 5 至 7 千米。在这片狭长的区域内，散布

蜡染蓝白印花棉布（局部）公元 2 世纪 1959 年出土于新疆维吾尔自治区民丰县尼雅遗址

着规模不等、残存程度不一的众多房屋、场院、墓地、佛塔、佛寺、田地、果园、畜圈、渠系、池塘、陶窑和冶炼遗址等。房屋建筑为锁、榫卯结构，大多有地梁，地梁一般选用粗大的胡杨树粗砍为方木，或只将圆木一面砍平，平铺于地面上，作为房屋的基础。地梁向上的一面每隔 1.5 至 2.5 米左右凿有方形榫孔，用来安装壁柱，壁柱上方再接横梁，如此构建一个完整的框架，再以红柳、芦苇等编成笆墙，固定于壁柱之上，就是一座结实的木屋。目前，已经发现的各类遗址多达 70 处以上。

尼雅，这一湮没于瀚海荒漠中的古代文明遗址，经许多知名学者考证，就是《汉书・西域传》中记载的有“户 480、口 3360、胜兵 500 人”的“精绝国”故地。

火焰山

在中国传统文化中，火焰山是一座很有名的山，几乎家喻户晓，因为火焰山跟《西游记》联系在一起，跟天不怕地不怕的孙猴子联系在一起，传说火焰山是孙猴子一脚蹬翻了太上老君的炼丹炉点燃的。

葡萄沟、火焰山是吐鲁番的一条自然风光带。

山峰逶迤起伏，那是亿万年前地壳横向运动的褶皱带；山坡沟壑纵横，那是亿万年风蚀雨剥的印迹。据地质学家考证，大约在距今 1.8 亿年至 5000 万年间，大地岩浆呼啸着从海底奔涌而出，形成了这座火焰山。

《西游记》称此山为“八百里火焰山”，常年燃烧冲天的大火。其实，火焰山并没有八百里，它自东而西，长不过 100 千米，宽只有 9 千米。山高四五百米，最高峰在胜金口附近，海拔 851 米。

维吾尔语称火焰山为克孜勒塔格（红山），当地也有一个可与《西游记》媲美的传说。

古时候，天山有一条恶龙，经常飞到这里吃童男童女。人们若不供奉，它就大施淫威，毁田平舍，残害人畜。一位名叫哈拉和卓的青年向君主托克布喀拉汗请命，要去降伏恶龙，为民除害。他手执宝剑，与恶龙激战了三天三夜，终于在七角井腰斩了恶龙。落地未死的恶龙扑腾翻滚，鲜血染红全身。哈拉和卓又连剁十剑，把巨龙劈成十一截。死龙就变成了这座“红山”，被剁开处，便成了山中的十道峡谷……有趣的是，这些相传为勇士剁成的峡谷，依然留下了青青的“剑痕”，那就是今日林荫蔽日、田园如画的葡萄沟、桃儿沟、木头沟、吐峪沟、连木沁沟、苏伯沟和胜金口峡谷……这些沟谷中泉水环绕，林木葱茏，庐舍毗接，盛产葡萄瓜果，并且保留着汉唐时代的石窟、壁画和其他文物古迹，足以使游览火焰山的客人流连忘返。在横贯火焰山高峰的胜金口峡谷中，重峦叠嶂，陡壁如削，怪石嶙峋，溪涧萦回，花草缤纷。当地维吾尔族人还说，胜金口山顶的一根天然石柱就是当年唐三藏歇脚时的“拴马桩”。在胜金口外不远处，就是举世闻名的高昌故城。

古人有不少诗文咏写火焰山，都把火焰山说得非常神奇。明代诗人陈诚《火焰山》一诗云：“一片青烟一片红，炎炎气焰欲烧空。春光未半浑如夏，谁道西方有祝融。”

火焰山

坎儿井

坎儿井是戈壁上的奇迹，是吐鲁番的血脉。到了吐鲁番，自然应该看一看这里的坎儿井。

新疆大约有坎儿井 1600 条，分布于吐鲁番盆地、哈密盆地以及南疆的皮山、库车和北疆的奇台、木垒、阜康等地，其中以吐鲁番最多最集中，数量近千条，总长约 5000 千米。

临近吐鲁番的戈壁滩上，能看见顺坡而下的一堆一堆的圆土包，形如小火锥，错落有序地伸向绿洲。这些都是坎儿井的竖井口。

坎儿井之所以能在吐鲁番大量修建，与这里的自然条件分不开。吐鲁番盆地北部的博格达山和西部的喀拉乌成山，每当夏季来临，就有大量融雪和雨水流向盆地，当河水流出山口以后，很快渗入戈壁地下，变为潜流。积聚日久，使戈壁下面含水层厚，储水量大，为开挖坎儿井提供了充足的水源。北部的博格达峰高 5440 米，而盆地中心的艾丁湖水面却低于海平面 161 米以下，从天山脚下到艾丁湖畔，水平距离不过 60 千米，高差竟有 1400 多米，地面坡度平均约有 1/40，地下水的坡降与地面坡度相差不大，这又为开挖坎儿井提供了有利的地形条件。吐鲁番大漠底下深处的沙砾石由黏土或钙质胶结，质地坚实，因此坎儿井挖好后不易坍塌。由于吐鲁番干旱酷热，水分蒸发量大，刮风时风沙漫天，往往风过沙停，大量的农田水渠被黄沙湮没；而坎儿井却是在地

坎儿井

下暗渠输水，不受季节、风沙影响，水分蒸发量小，流量稳定，可以常年自流灌溉，所以坎儿井非常适合当地的环境。

坎儿井由竖井、地下渠道、地面渠道和涝坝（即小型蓄水池）四部分组成。竖井的深度和井与井之间的距离，一般都是愈向上游，竖井愈深，间距愈长，约有 30 至 70 米；愈往下游，竖井愈浅，间距也愈短，约有 10 至 20 米，竖井是为了挖掘、修理坎儿井时通风和提土之用。地下渠道的出水口和地面的明渠连接，可以把几十米深的地下水接出地面来。

坎儿井的历史源远流长。汉代在今陕西关中就有挖掘地下窖井的技术，称"井渠法"。一些史学家认为，西汉时，井渠法已由内地传入新疆。

吐鲁番现存的坎儿井多为清代以来陆续兴建的。据史料记载，由于清政府的倡导和屯垦措施的采用，坎儿井曾得到大量发展。林则徐在新疆发明坎儿井的说法是民间误传，但林则徐在吐鲁番时确有赞赏坎儿井的佳话。1845 年（清道光二十五年）正月，林则徐赴南疆踏勘垦地，途经吐鲁番城，他在当天的日记中写道："见沿途多土坑，询其名，曰'卡井'，能引水横流者，由南而北，渐引渐高，水从土中穿穴而行，诚不可思议之事！"

高昌故城

高昌故城位于吐鲁番市区东约 40 千米的南麓木头沟三角洲地段。背倚火焰山，地处吐鲁番盆地的中心，地理坐标为东经 89°32′10″，北纬 42°51′2″。1961 年由国务院公布为全国重点文物保护单位。初到高昌，我们看到，那些依然矗立的残垣断壁，布满了岁月的风霜。想想在遥远的古代，这里旗帜飘扬、人马穿梭、货物聚散，是何等的热闹和繁荣；今天，这里却是一派沉寂、一片破败之象，多多少少让人感受到了一种彻骨的凄凉。

现存的高昌遗址城平面略呈不规则的正方形，布局分为外城、内城和宫城三部分。外城墙基厚 12 米，高达 11.5 米，周长约 5.4 千米；夯土筑成，夯层厚 8 至 12 厘米，间杂少量的土块，有极清楚的夹棍眼；外围有保存完好凸出的马面。南面可能有三个城门，其余三面各有两个城门。西面北边的城门保存最好，有曲折的瓮城。内城在外城中间，城墙全为夯土筑成，西、南两面保存较好，其建筑年代较外城早。宫城在最北面，外城的北墙就是宫城的北墙，内城的北墙是宫城的南墙。

遗迹保存较好的主要有以下几处：外城西南角的一所寺院，占地近 1 万平方米，由山门、庭院、讲经堂、藏经楼、大殿、僧房等组成。从建筑特征和残存壁画上的联珠纹图案分析，其建筑年代属麴氏高昌中期（约在隋代）。寺院附近还残存一些“坊”、“市”遗址，可能是小手工业者的作坊和商业场所。外

高昌故城

城的东南角也有一所寺院，保存有一座多边形的塔和一个礼拜窟（支提窟），是城内唯一保存有较好壁画的地方。从壁画的风格和塔的造型分析，为回鹘高昌时期（晚唐至元）的建筑。

内城北部正中有一平面不规则略呈方形的小堡垒，当地叫“可汗堡”。堡内北面的高台上有一高达 15 米的夯筑方形塔状建筑物；稍西有一座地上地下双层建筑物，现仅存地下部分；南、西、北三面有宽大的阶梯式门道供出入，规模虽不大，但与交河故城现存唐代最豪华的一所官署衙门建筑形式相同，可能是一处宫殿遗址。

高昌城奠基于公元前 1 世纪，是西汉王朝在车师前国境内的屯田部队所建。《汉书》中最早提到了“高昌壁”。《北史·西域记》记载：“昔汉武遣兵西讨，师旅顿敝，其中尤困者因住焉。地势高敞，人庶昌盛，因名高昌。”汉、魏、晋历代均派有戊己校尉驻此城，管理屯田，故又被称为“戊己校尉城”。公元

327 年，前凉张骏在此“置高昌郡，立田地县”(《初学记》卷八引顾野王《舆地志》)。继之又先后为河西走廊的前秦、后凉、西凉、北凉所管辖。442 年，北凉残余势力在沮渠无讳的率领下“西逾流沙”,在此建立了流亡政权。450 年，沮渠安周攻破交河城，灭车师前国，吐鲁番盆地政治、经济、文化的中心遂由交河城完全转移到高昌城……

据实地考察，加之文献资料的佐证，北凉时高昌城至少已经有了现存的内城，外城墙可能是麴氏高昌时期所建。城北郊阿斯塔那—哈拉和卓古墓群出土的属于这一时期的文书中有“北坊中城”、“东南坊”、“西南坊”等记载，说明当时此城已经有外、中之分，东、南、西、北之别。敦煌莫高窟藏经洞发现的《西州图经》中记“圣人塔,祖子城东北角”,表明唐代西州城是已经有了子城的。早期的宫城在今“可汗堡”内。麴氏高昌时期随着外城的修建，宫城遂迁移到北部,南面而王,与隋唐时长安的布局相似。回鹘高昌时期宫城内又曾大兴土木。

高昌故城自公元前 1 世纪（西汉）建高昌壁到 13 世纪末（元初）废弃，使用了近 1300 年。同时，不同宗教先后经由高昌传入内地，高昌故城是世界宗教文化荟萃地之一。这里出土的多种文字的古代文物，是研究西域历史和文化的重要史料。

走出高昌故城，一部西域的历史贯穿于我们的脑海，我们仿佛就是一千多年前的那群人，千辛万苦走出罗布泊，找到了一个身体和灵魂都能够栖息的地方。

交河故城

在吐鲁番县城西面大约10千米的亚尔乃孜沟中，坐落着古代西域三十六国之一的车师前国的国都——交河故城。1961年，国务院公布，将其列为全国重点文物保护单位。交河故城被世人称为“最完美的废墟”。

亚尔乃孜沟是远古时代由于洪水冲刷而形成的一道河谷。经过数千万年的冲蚀，大自然以它巨大的创造力，在河谷中央留存下一个平面呈柳叶形的河心洲，长1650米，最宽处约300米。四周崖岸壁立，被一道百米宽，约30米

交河故城

交河故城

深的河谷所环绕，形成了天然屏障。据《史记》所载，这里早期的土著居民属于姑师人，这个河心洲就是姑师人重要的据点之一。汉武帝元封二年（前109年）姑师为赵破奴所破，遂分为车师前后王及山北六国。《汉书·西域传》云："车师前国，王治交河城。河水分流绕城下，故号交河。"唐太宗于贞观十四年（640年）派侯君集平高昌，在此设交河县，属西州管辖；西域最高军政机构——安西都护府最早也设在这里（640年—658年），成为唐王朝进一步统一西域的大本营。盛唐诗人李颀曾形象地描述过在这里的戎马生涯，写下了"白日登山望烽火，黄昏饮马傍交河"的诗句。

现存的交河故城是其鼎盛时期的规模，大体为唐代的遗存。台地西北部是一片唐以前的古墓地，已被盗掘、破坏殆尽。建筑物集中在台地东南部约1000米的范围内，其东、南两面各有一个城门。建筑形式除没有城墙外，还有一个明显的特征，即大部分建筑物包括宽大的街道，都是从原生土中掏挖出来的。窑洞是在原生土中直接掏出，平房则多是切挖原生土留出四壁，然后用木头搭顶。从残留的柱洞看，有不少是多层建筑。有的下部是窑洞，上部是平房。板夹泥垛墙建筑物只占少数。有的下部是生土墙，上部是板夹泥垛墙。城

交河故城

内布局可以分为三部分：贯穿南北的一条大街把居住区分为东西两部分，大街北端则是一座规模宏大的寺院，以它为中心构成了北部寺院区。东区南部有一所气势宏伟的宅院，占地 3000 多平方米，地下地上双层建筑，有宽大的阶梯通道可以上下。在宽厚高大的围墙外面是城内唯一的一处广场。根据考察分析，这个宅院当为唐初所建，可能是安西都护府的治所，后为天山县的官署衙门。西区分布有许多手工业作坊，发现的几处陶窑遗址膛壁经烈火焚烧，已完全变成灰色。大街北端的寺院平面呈长方形，占地约 5000 平方米，由山门、大殿、僧房、庭院、水井等组成，根据建筑特征和残存的泥塑佛像分析，应为南北朝时期的建筑。院内曾发现唐代莲花纹瓦当，说明唐时曾经重修。城北还有一组壮观的塔群，中央是一座大佛塔，上部原有塑像，现已无存。四角各 25 个小塔，排列成纵横各五的方阵，总计 101 个。城中大街两旁尽是高厚的围墙，临街不见一个门窗。纵横连接的街巷把建筑群分割为若干小区，颇似宋代以前内地城市的坊、典。这种建筑布局足以说明，交河城在唐代曾经进行过一次有规划的重修改建，而唐代以前的旧城痕迹则早已面目全非了。

清政府对罗布泊的考察

20 世纪初，最先考察罗布泊的并不是斯文·赫定、斯坦因等外国人，早在他们之前，清政府就派出了由郝永刚、贺焕湘、刘清和等人组成的考察队。清政府派出的这支考察队的主要任务是弄清敦煌到若羌之间的道路走向，同时也考察了罗布泊。在他们完成的考察著作《辛卯侍行记》中，当时塔里木河的尾闾在喀拉库顺，它由黑泥海子和芦花海子组成。在罗布洼地一段却是明确记载无水的。如在沙沟西南 200 千米的蛇山一带，“南皆沙漠，在西、北皆碱滩”。

罗布泊名称的由来

罗布泊名称的由来，始于19世纪60年代。康熙时绘制地图，西部仅到哈密，因其西尚属准噶尔部。乾隆二十一年（1756年）与二十四年（1759年），清政府先后派员测绘天山北路和南路。乾隆二十五年至二十七年（1760年—1762年），在《康熙皇舆全览图》的基础上绘制了《清乾隆内府舆图》秘藏于深宫，直到1863年才刊行为《大清一统舆图》，图上才把清初称为罗布淖尔的塔里木河的终端湖，印成至今人们熟知的罗布泊。

罗布泊地貌

第三章

考察纪实

新月形沙丘

新月形沙丘在大沙漠里是一种常见的景观，我们从敦煌国家地质公园折向西北，在光秃秃的一望无际的大戈壁上行驶不远，就看见了新月形沙丘。这一带，从地理位置上说，大致都可以归为“罗布泊地区”，而实际距离罗布泊还有很远的路程。

不管怎么说，大戈壁上突然出现一座新月形沙丘，的确非常壮观。南方有“飞来峰”，将这里的沙丘称之为“飞来的沙丘”一点不为过。我们的车停在沙丘的一侧，大家下车观赏：这沙丘蜿蜒伸展呈新月形，长约 600 米，高不过 50 米，但沙丘的顶部却如刀锋一般尖利，极富线条感，这是风的产物。戈壁上，四季多风，尤其是冬春两季，狂风漫卷，高大的沙丘遮挡了风的去向，风沿沙丘而上，把远处的沙带到了沙丘，把低处的沙吹到了高处，就有了这新月形的神奇的沙丘。

我们路经新月形沙丘的时候，天气晴朗，艳阳高照，人在沙丘上行走时会听到沙丘发出的不同的声音，虽然没有流行音乐那般动听，却让人领略到大自然的奇妙。这就是戈壁沙漠上“沙鸣晴岭”的奇观。在强烈的日光照射下，沙粒内部的元素异常活跃，人走上去，沙粒滑动，就会产生轰鸣声。

1500 年以来，世界各地的旅行家和专栏作家都记载过奇特的鸣沙现象。先是在中东的文学作品中，然后是 1200 年前的中国。1295 年，意大利探险家

新月形沙丘

马可·波罗就在其著作中提到在中国西部和中亚地区沙漠中的轰鸣沙，他在路过这些地方时也听到“这些沙漠中的精灵用各种乐器声、鼓声和武器碰撞的声音将空气填满”。《一千零一夜》中对此也有描绘，甚至在达尔文讲述他的环球旅行的著作中也曾提到过这一现象。因为神秘，响沙也曾出现在一些小说中，比如赫伯特的科幻小说《沙丘》。

鸣沙这种自然现象在世界上不仅分布广，而且沙子发出来的声音也是多种多样的。同我们前往罗布泊的向导说，有些沙丘能发出一种尖锐响亮的声音，就好像食指在拉紧的丝弦上弹了一下；有些沙丘能发出轰隆的巨响，像打雷一样；还有的沙丘，当人在上面走动时，沙子会发出类似“汪汪”的狗叫声，把沙放在手掌中猛搓一下，也会发出同样的声音。

新月形沙丘是我们进入罗布泊的前站，距离计划中的营地还有很远的路程，我们不敢逗留，只好匆匆别过。但我们在行程的路线图中记下了它的名字，并珍重地写下：这是一个美丽的地方，是一处值得留恋的风景。

漫无边际的黑戈壁

10月1日，考察队预计的行程为三垄沙雅丹地貌、新月形沙丘、白龙堆、红石井、上罗布泊东岸后下罗布泊抵达罗布镇，总计260千米。上午8时，早餐、装车；9时，15000响鞭炮在三垄沙辽阔的沙滩上炸响，探险队出发了。

汽车从平整的公路拐下戈壁，浩瀚的戈壁，一层黝黑的碎石铺向天际，莽莽苍苍。戈壁上本没有路，几道车辙就算是路了。一辆车走过去，松软的沙土迅速扬起、弥漫，道路开始变得崎岖难行，时速不超过50千米。

行驶了大约20千米，新月形沙丘呈现在我们面前。这是一座傲然屹立于黑戈壁之上的沙丘，在空旷的戈壁上如同天外来客，吸引了大家的目光，考察队员们纷纷下车观赏这戈壁上的奇景，拍照、留念。

车行60千米，到达白龙堆，这是许多历史典籍和探险家的著作中常常提到的一个地名。沙漠大叔赵子君摊开一张新疆地图，察看这一带的具体方位。他告诉我们：这一带是古战场，曾经发生过无数的战事，无数的英雄在这里马革裹尸，无数的亡魂在这里游荡。

白龙堆，说的是白龙堆沙漠，它是丝绸之路的途经地段，它的得名与其自然环境有直接关系。

丝绸之路西部地区，在汉代著名的是在天山以南的南北两道，以后天山以北的一条丝绸之路繁荣起来，被称新北道。隋唐时期把这三条路线依次称南道、

戈壁苍莽

中道（汉代称北道）、北道（即新北道）。白龙堆地处南道路段，南道是指昆仑山（又称西域南山）北麓和塔克拉玛干沙漠南缘之间的东西通道。这条通道东自阳关，西至帕米尔，中间经过的地区，由东往西，主要是西出阳关后，经白龙堆沙漠南缘首先到达的鄯善（今新疆若羌）。

对白龙堆沙漠,《汉书·地理志》有记载，在敦煌县“正西关外有白龙堆沙”；《汉书·西域传》载,“楼兰国最在东陲，近汉,当白龙堆,乏水草”;《水经注》说，在罗布泊东北即白龙堆沙漠。丝绸之路在古鄯善境内的线路随着各时期政治形式的变化，曾经有过两条线路：一条线路是由阳关西行，过白龙堆沙漠，从罗布泊西北岸经过，至现在的古楼兰或海头遗址；另一条路线是经白龙堆后，从罗布泊南部西南至抒泥，沿南道西行。

历史上对白龙堆的记载均在南道，但具体路段却说法不一。唐代把鸣沙山又称白龙堆。“鸣沙山畔听鸣沙，风静沙平别有声”。它像一条白色巨龙横卧在东西长40千米，南北宽20千米，高500米的大漠之中。夕阳下的鸣沙山，犹如一连串神奇的金字塔，巍峨耸立，棱角如刀刃。虽经历了数千年的风暴和游人的不断冲击，却从没有降低过它的高大，失却过它的棱角，改变过它的个性。古代典籍中所描述的沙漠地区通常都有盐块，白龙堆沙漠是一个较为广泛的地域，符合风成地貌的基本特点。唐代把鸣沙山称白龙堆也是以其基本特征而言。

行210千米至二水，这里还真有一条小溪流，沙漠大叔说，今年罗布泊地区雨水多，这种情况往年是不常见的。我们选了一处背风的洼地吃午饭。午饭以速食食品为主，主要有烤饼、面包、稀饭、方便面、豆腐乳、咸菜、各种肉肠及饮用水，午饭的时间规定为45分钟。

没有预料到的险情

吃过午饭后，我们开始沿山而行，山不高，一直绵延向前。沙漠大叔说，这是有名的阿尔金山。让人不能忘怀的是那山的颜色在不断变化，我们起初看见它的时候，它是灰色的，后来是黑色，走进山的深处，就是墨绿色的了。据说，这墨绿色的山体是因为含有金属铜的缘故。

大约 40 分钟后，车队进入了红石井沟口，一号车因为车况较好迅速通过，一溜烟就蹿进了峡谷。本来三辆车的车距都互在视线之内，可进了峡谷，就互相不见了踪影。等一号车停下来的时候，峡谷里一片寂静，听不出任何车辆轰鸣的声音，只好原地等待。等了半个多小时，仍然没有后续车辆的影子，一号车上的考察队员们决定原路返回，去寻找另外两辆车。

一号车很快就到了沟口，发现那里还有一条路通往红石井，大家下车看见有卡车的车辙印，就顺着这条路去追赶那两辆车。可一号车到了邻近红石井的锰矿，还是没有发现那两辆车的踪迹。开矿的工人说，这几天根本就没有车辆从这里通过。这下，大家有点急了。在这一地区，没有路，但也可以说到处都是“路”，到哪里去找他们？况且从油表上看，一号车的汽油最多能跑 10 千米，锰矿上只有柴油而没有一滴汽油，车上除了几瓶矿泉水之外，没有任何可以充饥的食品，所有的给养全部都在卡车上。怎么办？

一号车上的考察队员只好在锰矿死等，只要二号车与三号车在一起，一切

考察队车辆艰难行进在罗布泊

都好办，他们有充足的给养，还有卫星电话，等他们一路赶到罗布镇，如果没有看到一号车，就会回头来找，尽管要走很长的路，但大家不会失散。

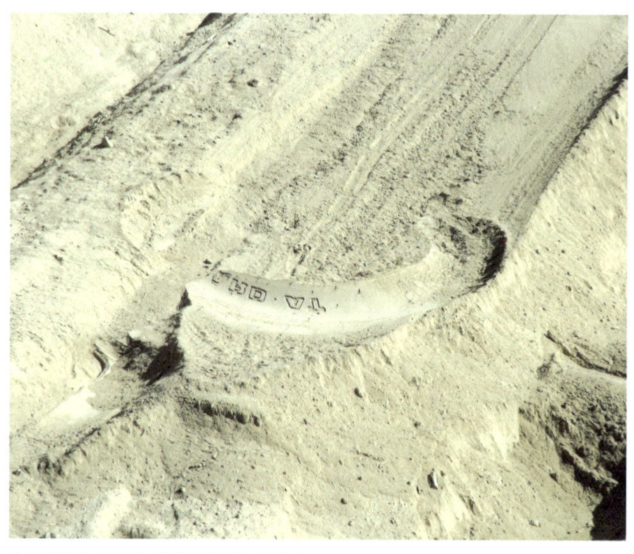
考察队车辆艰难行进在罗布泊，竟将备胎的胎花印在行使过的路面上

可大家最担心的事情还是发生了。二号车与三号车也已走散了，三号车上的六名考察队员每人只带了一瓶水，迷路的地方，距离敦煌500多千米，用卫星电话救援，至少得两天，两天之中会发生什么事，谁也无法预料。

时间一分一秒地过去，四个小时了，仍然不见失散的车辆。

夕阳西下的峡谷一片宁静，突然，山上传来一阵兴奋的呼喊：来了，来了。大家纷纷爬上山一看，失散的车辆来了！

CCTV

罗布泊日出

没想到，行程才刚刚开始，就遭遇了迷路的险情，这个教训，大家深深地记住了。在随后的旅途中，三辆车一辆紧跟一辆，并随时用步话机联系。阿尔金山峡谷堆满了洪水冲来的沙石，一坡一弯，汽车轰鸣着向前冲刺，速度却如老牛拉破车一般。一个小时之后，我们终于登上了罗布泊东岸。此时天色已晚，一片漆黑，看不见罗布泊的壮观气象，只隐约发现一丛丛茂密的雅丹。

所有的考察队员难以掩饰内心的欢乐，每辆车上都发出了刺耳的尖叫声：我们终于实质性地进入了罗布泊。

罗布泊的路，是世界上最难走的路。按照艰难的等级可分为搓板路、按摩路、拆车路、窒息路。所谓的搓板路，就是路上到处都是坑坑洼洼；按摩路坑坑洼洼的程度更大，汽车在行驶的时候前后左右摇摆不定；拆车路则类似于汽摩场地赛中的驼峰路，一般的车走一段就会散架；窒息路有没过车轮的碱土，车行之中，土浪包围车辆，让人无法呼吸。刚入罗布泊，我们就感受了搓板路和按摩路的厉害。不到一个小时的车程，考察队员浑身就都像散了架一样。

当晚，考察队在距离罗布镇 40 千米的雅丹群安营扎寨。

10 月 2 日清晨，考察队员们早早起床，站在高高的雅丹之上观赏罗布泊日出。

罗布泊太大了，大得没有边际，一种彩色的盐碱滩把地平线推向远方。人

罗布泊日出

在罗布泊远望，看一阵，眼睛就会发困，因为罗布泊广阔无涯，无遮无拦，目光根本无法穷尽，所以，眼睛望一会儿就望不动了。

罗布泊的太阳几乎是从我们的脚下升起的，起初，是一抹红霞；后来，红霞逐渐扩散，越来越红，越来越亮，一颗红球跳跃着冲出红霞，刹那间，整个罗布泊像笼罩了一层细细的红纱，漂亮极了。

罗布泊本是新疆第一大湖，又名罗布淖尔。罗布淖尔系蒙古语音译名，意为多水汇集之湖。《汉书》描述它“广袤三百里，其水亭居，冬夏不增减”。《山海经》称它为“幼泽”；《汉书·西域传》又称其为“蒲类海”，说它“广袤三百里”，即指其长或宽可达 300 里之遥。这个范围正好和卫星照片上所看到的大耳朵状的最外层湖堤吻合，面积至少在五六千平方千米以上。到了北魏，湖面缩小了，且近圆形，《水经注》称其“广轮四百余里”，可和卫星照片中部湖堤形态相当。隋唐时期，湖面又缩小了一些，《沙州图经》记为“周广四百”。清代末年，进一步缩小为“东西长八九十里”（刘清和等探查）。1942 年的《新疆地貌》

上记其面积为 2520 平方千米。到了 1966 年则南北长仅 100 千米，东西宽仅 3 到 16 千米了。

它是塔里木河、孔雀河和疏勒河的终端湖，水源主要靠这些河流的补给。罗布泊干涸的原因是由于人类经济活动对河流径流重新分配的结果。自西汉中叶起，这些河流的中上游地区大兴屯田，引水灌溉，致使注入湖泊的水量逐渐减少。特别是近一个世纪，更是大规模地开荒造田，河流下泄水量剧减，塔里木河水流到阿拉干附近即已断流，孔雀河水到达营盘附近就逐渐干涸，疏勒河水早在清代中叶就已无余波供给罗布泊了，致使这里成了一个完全干涸的世界。

清代，阿弥达深入湖区考察，撰写《河源经田名》，卷九中载："罗布淖尔为西域巨泽，在西域近东偏北，合受偏西众山水，共六七支，绵地五千，经流四千五百里，其余沙啧亟限隔，潜伏不见者不算。以山势撰之，回环纡折无不趋归淖尔，淖尔东西二面百余里，西北百余里，冬夏不盈不缩……"

清代地理学家徐松在《西域水道记》的插图中标明塔里木河汇注孔雀河下泄罗布泊。意大利商人马可·波罗，俄国探险家 H·M·普尔热瓦尔斯基，瑞典地理学家斯文·赫定，美国人哥丁顿，英籍匈牙利人斯坦因，日本人橘瑞超和法国人邦瓦洛等，都考察过罗布泊，并留下了精彩的描写。

1930 年—1934 年，我国科学工作者黄文弼、陈崇器赴罗布泊实地考察，还实测了地图。中华人民共和国成立以后，1959 年、1980 年、1981 年，中国科学院组织过大规模的罗布泊考察。

罗布泊的神秘，首先在于这里严酷的自然环境，酷热、干旱、风沙、雅丹、盐壳阻挡着人们接近它，给罗布泊罩上了一层层神秘的帷幕 。这里年降水量不足 10 毫米，有的地方甚至数年滴水不降，而年蒸发量却高达 3000 毫米以上，超过降水量的数百倍。

丝绸之路沿罗布洼地的南、北形成南北两道。夹持于两道之间，是昔日的

罗布泊日落

“八百里流沙河”以及广达3000平方千米的中国第二大雅丹分布区，包括三垄沙雅丹、巨龙堆雅丹、龙城雅丹和楼兰雅丹。大自然细镂精雕，使其千姿百态，气象万千。

而罗布泊自身，却因它曾经的广袤无边、几度的缥缈于世，被误认为“黄河之源”长达两千年，被判定为“游移之湖”引起一个世纪的争论。如今，它虽然已从地球上彻底消失，但仍引诱着无数人前往瞻仰。

沐浴着罗布泊的霞光，回顾罗布泊的变迁，我们的心情，忧郁多于兴奋。

中国最小的镇
——罗布泊镇

10 月 2 日，我们拔营向楼兰遗址进发，中间要经过罗布泊镇、大十字、两个湖心、余纯顺墓，总里程 178 千米。

罗布泊镇是罗布泊中唯一的行政机构，据说是近几年才成立的。最初，镇政府是一间小铁皮房，公职人员只有两三名，现在已修建了一座二层小楼，原因是这里兴建了一座大型的钾盐厂。

汽车大约行驶了 40 分钟的搓板路后，有人突然尖叫：手机有信号了！手机有信号了！大家纷纷向家人打电话报平安，喜悦的心情难以言表。有人说，

罗布泊镇

中国最小的镇——罗布泊镇

现代社会里，一天不用手机就会发疯。我们在罗布泊的三天，手机信号全无。现在能打电话了，可想而知，大家是多么高兴。

罗布泊镇最明显的标志是两座铁塔，那是中国联通和中国移动公司的信号发射塔。刚刚有信号的时候，就有信息发过来："尊敬的用户，欢迎你来到祖国的西部边陲——新疆。中国移动提醒你给你的家人报个平安。"其次是加油站和钾盐厂。方圆 200 米之外，再无人烟。这可能是中国最小的城镇了。

所谓的钾盐厂只是几个挖掘机在罗布泊挖出几条沟，挖不到一米，沟里就渗出了水，在强烈的阳光照射下，钾盐从水中析出。

考察队在罗布泊镇吃完午饭后，就已经 13 时了。我们继续向大十字挺进。大十字是沙漠大叔为罗布泊命名的一个地名，它像一个十字街口，四通八达。大十字西通向米兰古城、农垦 36 团；东直达罗布泊镇；南通往彭加木墓地，返回敦煌；北是湖心、余纯顺墓、楼兰文管所。

湖 心

从大十字到湖心，行程 54 千米，这一段路除有 5 千米左右的按摩路外还算平整，汽车行驶一小时就到达了那里。罗布泊湖心标志是 1997 年底一位工程师根据地图经纬度测量的湖心地点，虽然没人考证，但如今也成了一处景观。1997 年，该标志点只埋下一个空汽油桶，1998 年 2 月，广东首个女子罗布泊

湖心碑林

向导“沙漠大叔”给为祖国地质工作而献身的哥哥随车拉的纪念碑

探险队竖下第一块石碑后，现已增加了近20个石碑，它们记录了每一个前来罗布泊的探险者的心迹，号称湖心碑林。我们在湖心拍照、留念。由于事先没有准备，因此我们没有立碑。

“湖心未来的日子里，人类将拥有什么，许多还只是预测，然而人类将失去什么，已是不争的事实……”“我们以生命为赌注来这里凭吊，太阳吹干了浩渺却吹不干我们的意志，黄沙湮没了万物，却湮没不了我们的梦想，桑田可以沧海，而人类的精神则永垂宇宙。”这些碑文，有对人类生存环境不断恶化的警示，也有豪气冲天的凌云壮志。

来到湖心，沙漠大叔的心情多少有点沉重，就在距离湖心3千米的另一个湖心，是他的哥哥、号称“沙漠王”的赵子允亲自测量确定的，就在2004年的9月26日，赵子允参加科考活动因车祸殉职，年仅37岁。这次，我们随行的卡车上带了两块重达五吨的石碑，是著名的华藏山社为纪念赵子允准备的。这位杰出的地质工作者、罗布泊的儿子，在险象环生的探险生涯中，无数次引领科考队伍从迷途和险途中脱离危险……

我们帮助沙漠大叔从卡车上卸下沉重的纪念碑，心情也同样的沉重。

余纯顺墓地

湖心距离余纯顺墓地只有 12 千米。

考察队员眼前的罗布泊，厚厚的盐碱壳，在阳光下闪着一片死亡之光。

大家清晰地记得，1980 年 6 月 11 日，当著名科学家彭加木失踪在罗布泊的消息公布于世时，震惊了世界。罗布泊成了恐怖的象征，人们称它是塔克拉玛干沙漠中的“百慕大三角”。

16 年之后，青年探险家余纯顺试图在夏季徒步穿越干枯的罗布泊，不料进入罗布泊的第二天，就因酷暑而脱水死亡。古人的描述，今人的遭遇，给罗布泊蒙上了一层层神秘的面纱，也给每一个考察队员的心里蒙上了一层阴影。

一座小沙丘，上面插着 7 个啤酒瓶、一个矿泉水空瓶和一个空罐头盒。

沙漠大叔神色严肃地告诉大家：“这是余纯顺最后的晚餐。1996 年 6 月 10 日晚，朋友们为余纯顺送行，在这里喝了一些酒。余纯顺当时很感动，唱了一首《在那遥远的地方》后，第二天便从这里出发，从此踏上了不归路。”当时，“沙漠大叔”的哥哥“沙漠王”赵子允曾是余纯顺的向导，临出发的一刻，赵子允劝阻过余纯顺，等天气情况好转后再说，可余纯顺还是走了。这成了赵子允心中永远的痛。几年之后，赵子允陪同余纯顺的父亲来到余纯顺墓前，他抑制不住内心的悲伤，号啕大哭。

行走不远，我们就来到了余纯顺墓前。这是一座用花岗岩雕成的墓碑，墓

勇士余纯顺之墓

碑造型为红旗状，上面刻着“余纯顺之墓 1952—1996”字样。碑的左上角凸现出余纯顺的青铜像，背后衬托着 8 条纹路，象征着他“8 年风雨走中国”，在碑的最下方摆放着一双铜铸的鞋。由于长久的风吹日晒，墓碑上的字迹已经变得模糊。

全体考察队员向余纯顺墓深深鞠躬，用各自的方式祭奠这位英雄。

余纯顺在罗布泊不幸遇难的地点坐标为 E90°19′09″，N40°33′90″，彭加木失踪地的坐标为 E91°46′71″，N40°11′29″。一位在罗布泊西北，一位在罗布泊东南，两地相距 160 千米左右。他们的遇难和失踪相隔整整 16 年，这些貌似巧合的数字给原本就波诡云谲的罗布泊罩上了更神秘的光环。直到目前，仍是众说纷纭，各执一词，种种推断、猜测不一而足。

沙漠大叔告诉我们：余纯顺走过了 T 字口，径直往南偏东方向走了，他在方向判断上出现了致命的失误。

从高处看，距余纯顺遇难地约 50 米的那条路一直向南延伸。余纯顺如果沿 T 字口向西再走至多 3 千米，就能到他 6 月 10 日放置了一箱水和一箱干粮的第一个宿营地。

他错过了 T 字路口，也错过了生还的机会。

《关于对余纯顺尸体检验报告》的结论为："……余纯顺的死因，系在高温环境下缺水而引起急性脱水，全身衰竭而死亡。"解剖后："胃内未见食物残留及胃液，胃粘膜有小片状褐色出血。"这说明，余纯顺自 6 月 11 日早饭后只补充了少量的水，而没有吃任何食物。

正是迷路和常人难以忍耐的高温，最终导致了余纯顺的死亡。

探险者们为余纯顺敬献的饮料、酒和矿泉水

深居内陆，长期与世隔绝，加上风沙干旱，冬渗奇寒、夏蒸酷暑的恶劣气候，在 5 月和 6 月进入这里，空气温度在 50℃左右，而地面温度却达到了 70℃，在季节的选择上，余纯顺是缺乏科学性的。

离开余纯顺墓地，楼兰文物管理所的上级主管部门若羌县文体局的孟局长来接我们，这里距离文物管理所只有十多千米的路程，这是几天以来，我们最早到达宿营地的一天，但我们并未因此而觉得有多开心，每个人的心里都是沉甸甸的，我们眼前不时浮现出余纯顺那张刚毅的脸和他飘散的长发。

楼 兰

楼兰在地图上被标注在罗布泊地区的东北面，瑞典地理学家斯文·赫定在最后一次去罗布泊的途中，对这个古代中国称之为鄯善的古国遗址进行了考察，他说，对于考察过和即将考察这个地区的每个人来说，都是趣味无穷的。

“大约在公元元年，楼兰的历史被记录了下来”，这一地区大概有“1570个家庭，人口为14100，并配备有2192名训练有素的士兵”。那时这里的基本情况是“土地为沙质，多盐，耕地很少。在谷物和农作物方面，这个国家依赖于邻国，它本身产玉，生长有大量的灯芯草、白草等其他植物，只要能找到有充足水源和牧草的地方，人们就把牛羊赶到那边去。他们拥有驴子、马匹和骆驼，能制造军用武器”。

近2000年后，楼兰的情形已大不一样：“视野很开阔而独特。在这片沙漠呈现的是单调沉闷的景象，一层层的楼梯和土台（即密集的雅丹地貌）的边缘呈破碎的尖锐状，土壤是黄土质。偶然出现了一座房子，已多少被岁月侵蚀，除了我自己和狗之外，整个地区人烟绝迹。”

更早一些，马可·波罗在自己的著述中提到了罗布小镇，他的描述如下：“罗布是沙漠边缘的一个很大的城镇，这片沙漠就叫罗布沙漠。这个城镇属于大汗，人们信仰伊斯兰教。打算穿过沙漠的人在这个城镇休息一周，使自己和牲口恢复体力，然后做好旅行的准备，并携带着一个月的供给。他们一离开城镇，就进入了沙漠。听说，这片沙漠很长，从一端骑马到另一端需要花上一年多的时间。在这片最狭窄的地方，也需花一个月的时间才能走过去。整个沙漠遍地是沙丘沙谷，上面找不到任何可以食用的东西……那里没有牲口，因为根本找不到吃的。然而，有关这片沙漠却有一件奇事：旅行者们在晚上行走的时候，如果偶尔掉了队，或者是睡着了，或者是别的什么，当他试图赶上同伴的时候，就会听见鬼怪们的谈话，就误将它们作为同伴。有时鬼怪们会呼唤他们的名字，使他们迷路，再也找不见同伴，就这样，很多人从此都消失了。有时，即使掉队的旅行者行走在一条踏踏实实的路上，他们也会听见远处有一大队人马的脚步声和嘈杂声，以为那里是他们的同伴，便追随声音而去，黎明时才发现自己上了当，而这时已经走投无路了……有时，会听见各种各样的乐器声，最常见的是鼓声。”他在结尾时说“穿过沙漠的情形就是这样的”。

很显然，马可·波罗忽视了罗布泊的存在，他没有提到罗布泊的原因，许多探险家通过对罗布泊地区的考察证明了他是因当时并没有走罗布泊的那条路线，因此，这个沙漠中的罗布城镇，也绝无可能是楼兰了，它也许是塔克拉玛干或者罗布泊边缘的城镇。

同样是斯文·赫定去过的楼兰，一百多年后，我们又去了，随行的摄影家和记者们从罗布泊湖心抵达楼兰文物管理所已是夜晚，而这里距离真正的楼兰遗址还有 43 千米的行程。

所谓的楼兰文物管理所并没有什么实际性的建筑，只是在相隔不远的两座高大的土丘上开挖了几间窑洞，有管理员宿舍、食堂、库房，临近管理所的地方有几处标识牌，最显眼的是“中国楼兰文物管理所”几个大字。通往管理所的必经之路上，用铁索拦了起来，出示证件经过允许之后才可以放行。

这是一个很有特色的管理所，两个土丘上插了高高的信号旗，白天用于为人们指路；土丘的边缘用啤酒瓶镶嵌，是这里唯一能够看见的绿色。管理所还养了羊和鸡，因为没有草，给羊和鸡喂玉米和大米饭，鸡吃得比较舒心，而羊则是烦躁不安。

孟局长很热心，送给我们一只闷闷不乐的羊，并做了几样新鲜小菜，邀我们共同喝酒。天高星灿，月朗地阔，那真是一个难忘的夜晚。

大概到了深夜两点，我们才准备入睡。管理所的孟局长邀请我们住“楼兰宾馆”，所谓的“楼兰宾馆”其实就是管理所的库房，我们进门一看，个个毛骨悚然，土炕上和地上摆满了干尸。见我们害怕，孟局长说，这就是大名鼎鼎的“楼兰美女”,跟“楼兰美女”同住一室,这可是他们接待客人的“最高标准”。尽管如此，我们还是各自回到了冰凉的帐篷。

第二天清晨，几声清脆的雄鸡的鸣叫把我们叫醒，在荒无人烟的楼兰，能听见鸡叫，谁会不激动呢？何况这鸡叫的声音如此洪亮。我们收拾好东西，拔营向楼兰出发了。43 千米的路，有 25 千米是搓板路，道路高低不平，坚硬如铁，汽车只能每小时行驶 20 千米，就这样，坐在车里的人，不一会儿全身就被颠散了架。这并不是最艰苦的道路，剩下的 18 千米驼峰路才是我们穿越罗布泊行程中最难走的一段。走上这条道路，我们看见了沙丘上的绿色和一片片枯死的柽柳，那绿色也是柽柳。这让我们多少有点安慰。说实话，这是我们进入罗布泊五六天以来第一次看见绿色。虽然是十月份，这里的地表温度仍然居高不下，达到了 35℃。天气闷热，车内更是酷热难耐，又不能开窗户，打开空调也无济于事。道路全是深深的沟槽，沟槽内是细如面粉的盐碱，吸一口，苦涩、呛人，再吸一口，绝对窒息。我们把这段路称之为“窒息路”。18 千米的“窒息路”，汽车行驶了近 4 个小时，好在运气好，没有出现陷车的状况，要不然，一天也走不出这 18 千米的土沼。

终于看见楼兰了。

举世闻名的楼兰古城位于罗布泊西部，是西域的枢纽，在古代丝绸之路上

楼兰古城

占有极为重要的地位。我国内地的丝绸、茶叶，西域的马、葡萄、珠宝，最早都是经楼兰进行交易的。许多商队经过这一绿洲时，都要在此暂时休憩。楼兰王国从公元前 176 年以前建国，到公元 630 年消亡，共有 800 多年的历史。王国的范围东起古阳关附近，西至尼雅古城，南至阿尔金山，北到哈密。但是随着时间的推移，这个王国逐渐在世界上消失了。究竟为什么会消亡，直到现在仍然是一个谜。

楼兰古城是楼兰王国前期的重要政治经济中心。公元 4 世纪以后，这个在丝绸古道上盛极一时的古城才无声无息地退出了历史舞台。公元前 126 年，历尽艰辛的张骞第一次出使西域归来，他在给汉武帝的报告中说："楼兰、姑师邑有城郭，临盐泽。"(《史记 · 大宛列传》) 张骞的报告明确指出，濒临盐泽（即罗布泊）的楼兰和姑师两个国家都是有城市的。但是，楼兰城究竟在什么地方呢？由于史料上没有明确记载它的方位，千百年来人们都无法知悉，这成了历史上的一个难解之谜。直到 20 世纪初，由于瑞典地理学家探险家斯文·赫定和新疆一位勇敢的维吾尔族人阿尔迪克的发现，这个沉寂千年的古城才得以重见光明，而历史上的“楼兰之谜”也才被揭开。

1900 年春季，斯文·赫定正在罗布泊西部考察，他的维吾尔族向导阿尔迪克在返回考察营地取丢失的锄头时，遇到风暴，迷失了方向。但这位机智勇敢的维吾尔族向导凭借着微弱的月光，不但回到了原营地摸到了丢失的锄头，而且还发现了一座高大的佛塔和密集的废墟，那里有雕刻精美的木头半埋在沙中，还有古代的铜钱。阿尔迪克在茫茫夜幕中发现的遗址，后经发掘证实就是楼兰古城。

古城能重见天日，首先应该归功于阿尔迪克的发现。这点，斯文·赫定也自有评述。他回忆当年的情景时写道：“阿尔迪克忘记了锄头是何等幸运！否则，我绝不能回到这座古城，这个给亚洲中部古代史带来新光明的重要发现，至今也许不能完成。”

楼兰文物管理所

这座古城位于密集的雅丹地形中，即东经 89.55°22′，北纬 40.25°55′处，是一座不规则的方形城。东面城墙长约 333 米，南

楼兰

面城墙长为 329 米，西面和北面都为 327 米。城区大体呈正方形，城墙为夯筑，与敦煌附近的汉长城构筑方法基本一致。在南北城墙的中段各有一个缺口，看来就是南北城门了。

楼兰城内最高的建筑物是位于城东部的一座高 10.4 米的佛塔，塔身由土坯加木料垒砌而成，塔基为方形，每边长约 19.5 米。塔身的南面连接着一大片大型建筑遗址，堆积着许多木料，这些木料都经过精细加工。斯文·赫定和斯坦因等人也在此发现过雕刻成各种精致花纹的装饰木板和木雕佛像。古城西北 5 千米处有一座烽火台，高 12 米，用黏土和木料砌成。当时的烽火台大约每隔 5 千米设立一座，有专人看管。一条东西走向、穿城而过的古渠道遗迹，可能就是古楼兰城居民直接取水的水源。在城内还发现大量的厚陶缸片、石磨盘断片、残破的木桶和各种钱币、戒指、耳环和汉文木简残片等。

楼兰一角

在出土的文书中，有一件文书很有意义。“连根砍树者，不管谁都罚马一匹”，“在树木生长时期，应防止砍伐。如果砍伐树木大枝，则罚牝牛一头”。这大概要算是我国已发现的最早的森林保护法了。早在一千八九百年前，楼兰国的国王、臣民们已经认识到树木对治理沙漠的作用，并借助法律来保护树木，这是一件多么了不起的事。

今天的楼兰最突出的标志是佛塔和三间房，而走进深处，则是河谷纵横、黄沙漫漫，高处的台地上堆满了腐朽的梁木，从木质的断层可以看出，那是胡杨。三间房的一侧，有竖起的胡杨木围起的圆圈，也有芦苇围起的圆圈，很神秘。据传，1700 多年前，生活在这里的楼兰人有个习俗，每个人生下来时，家人要为他种下三棵树：一棵留给后人，一棵给自己做棺木，另一棵用来在自己的墓地上栽一个木桩子。我们想，这些木桩子的所在地，可能就是他们的墓地。

在楼兰一带，太阳墓的情形也是这样。

我们来到楼兰著名的“三间房”参观，这是一座一百多平方米的房屋，建在一块高于四周地面数米的土台上。“三间房”的构造比较规整，东西两厢的墙壁是由红柳枝做夹条，表面涂以草泥而成。

如果说，有人根据出土的文书和木简推测“三间房”是楼兰古城的官署遗址，那么，面前清晰可辨的不同的房屋样式是否在无言地暗示，这里曾经不仅有上下阶层的对比，甚至也有贫富悬殊的存在？关于楼兰的消失，楼兰文物管理所的工作人员告诉我们一个当地普遍流传的说法：很久很久以前，一个妖魔来到楼兰，他一口气就吹起了漫天的沙尘，狂风刮了三天三夜，吹倒了所有的树木和房子，吹走了田野里的庄稼，把河流吹得改道，把人埋在了沙丘里……不仅如此，他还挑起楼兰部落之间的战争，人们不停地互相残杀，血流成河，暗无天日。最后，他又带来致命的瘟疫，本来就已经衰败的楼兰，在病魔的侵袭下彻底毁灭。

楼兰的标志性建筑三间房

土垠与龙城

从楼兰返回文管所，第二天一大早，我们就去了土垠和龙城。

土垠是中国考古学家发现并命名的一处汉代后勤驿站遗址，残存物极少，但在古时是丝绸之路的一处军事要地。当我们从文管所行驶了 20 多千米的路程之后，一座坐北朝南的夯土建筑——土垠遗址出现在了我们面前。

龙城雅丹

1930年，我国著名考古学家黄文弼先生来到这里，对土垠的遗迹进行了全面细致的考察，他认为，这个遗址就是《魏略·西戎传》中提到的“居卢仓”，曾是西汉王朝后期的军事要地。

土垠

黄文弼从中发掘出西汉木简、铜器、铁器、漆器和丝麻残片等数百件文物，这些西汉文物有力地证明了汉代丝绸之路是从罗布泊北岸经过的。

土垠全貌

沙漠大叔告诉我们，这里曾发现过方孔圆钱，上下左右铸有“大泉五十”字样。有关资料记载，这种钱币流通于西汉之后的王莽政权时期，甚至于东汉初年。土垠遗址有这种硬币，可以断定，土垠存在时间将下延约50年，这就意味着直到东汉初年，中央政权对西域仍在继续经营中。

一枚古币，揭开了历史神秘的一角。我们看到，土垠的一边地势开阔，另一边则有河谷和密集的土林，实为藏龙卧虎之地。

土垠

在一个制高点上，有一座古代建筑遗迹，可以依稀辨别砌墙的土坯和腐朽的椽木。我们推测这可能是一处瞭望哨，站在这里，整个土垠的情形便一目了然。

龙城雅丹——罗布泊地区三大雅丹群之一，位于罗布泊北岸。土台群皆为东西走向，成长条土台，远看为游龙，故被称为龙城。龙城雅丹就在土垠的一侧，庞大而密集的雅丹群形象逼真、怪异，大的绵延数百米，小的则只是一个土台。在一望无际的雅丹中，有的像蘑菇，有的像水塔，有的像佛像，有的像航船还有的像骆驼、马和羊群……关于龙城，早在北魏时期，杰出的地理学家郦道元所著的《水经注》中就有记载："龙城，故姜赖之虚，胡之大国也。蒲昌海溢，

龙城一角

荡覆其国。城基尚存而至大，晨发西门，暮达东门。浍其崖岸，余溜风吹，稍成龙行，西面向海，因名龙城。地广千里，皆因盐而坚刚也。”他认为龙城是大自然的杰作，是水和风相互作用的产物。

在龙城雅丹，一群黑乌鸦自由欢快地飞过，其中的两只嬉戏追逐，做了许多翻腾、飞跃的惊险动作，这让我们大饱眼福。

米 兰

我们到达米兰已是10月5日晚上12点了，本来考察队已经经过了米兰遗址，但因为天黑，无法找到合适的营地，就直接来到了农垦36团某学校的操场宿营。

10月6日早晨，我们前往米兰遗址，米兰遗址就在36团场附近，汽车开出不远就到了。在一片广阔的戈壁滩上，米兰遗址目前只剩下一座古城和佛塔

米兰检查站

米兰古城

了。在一些圆形的如草垛般的黄土堆上，人们挖洞住宿，现已废弃。

关于米兰，最早的发掘见于斯坦英的报告。斯坦因在塔里木盆地东部考察时，发现了最有价值的古代绘画，包括古鄯善国的米兰壁画。其内容虽然大多是佛教题材，但从风格上来看，却有印度、希腊元素，甚至有伊朗和地中海元素。这些产生于公元 3 至 4 世纪的壁画，是新疆目前所发现的最早的绘画。

据有关资料记载，米兰位于鄯善国，在这个沙漠小国中，既有当地的土著民族（他们的语言与库车和焉耆的吐火罗语相近），又有印度和中国人。早在公元最初几个世纪时，青藏高原东北部的各个部落也对它产生过影响。同样不能忽视的是，相邻的和田对鄯善国的语言与文化所产生的影响，中国人始终把鄯善国看作是自己的藩属，而不顾印度的文化影响在安得悦和尼雅等地所起的作用。在米兰，这种影响表现得更为明显。正因为如此，米兰的佛教壁画反映出多个层次。

在米兰最杰出的美术作品中，有一幅令人联想起犍陀罗的佛陀画像，佛陀后边跟着一群秃头僧侣，这位智者被画成四分之三的正面像，他举起右手施无畏印，睁着大眼睛向观众的方向看着。这种坦诚面向人间的态度，与其他一些佛像沉思默想的样子形成了对比。这种态度对犍陀罗许多艺术品来说，已是一种特色，而在米兰则格外引人注目。

在米兰的佛教艺术中，之所以有明显的西方元素，根源在于：鄯善国是混合型文化，各种不同的民族传统同时并存，而看不到人们特别致力于把外来的事物披上本地外衣。

关于鄯善国的最早报道，见于汉代初期的史书以及历史著作《魏略》。他们把这个地区描写成荒沙盐碱地，只有稀疏的植物，居民是半游牧，只有一部分靠种地生活。此外他们还报道了这个沙漠之国充满变化的历史，这种历史是由中原王朝与游牧的匈奴王国之间的实力角逐造成的。在这个游牧民族被打退

米兰佛塔

米兰一角

之后，这个国家在地理位置上得到了扩展。到了公元 120 年前后，在楼兰城产生了一个中原人建立的军事、移民、土著居住的地区，这个地方现在称之为“克娄莱纳”。它一直存在到公元前 4 世纪前半期，对这个以首都名称命名的国家进行了广泛的军事控制。

约从公元 445 年—670 年，尽管中原人要求对鄯善的宗主权，但在这个时期它实际上是吐谷浑王国的一个附庸，该王国的中心在青藏高原东北部青海湖旁边。从公元 670 年—842 年，这个地区是吐蕃王朝的一个省，在这里发现的大量吐蕃文遗书说明了这一点。当唐古特人（西夏）占据了“河西走廊”之后（大约在 1035 年—1226 年），他们把原先的鄯善国并入自己的统治之下，而唐古特人本身又被蒙古人所征服。当马可·波罗游历这个国家时，蒙古人控制着它。

新疆米兰

他在这里只见到了一个“大城市”，显然这就是现在的若羌，当时它的居民已是穆斯林了。

以往的考古发现揭示了这个地区在公元 5 世纪之前的早期状况，当时依然有朝圣者、商人和军人行经这里。考古发现证明，虽然中原在楼兰的移民区左右着商业和政治，但在这个王国里也住着当地官员和外国人，特别是印度人。

罗布泊地区的野生动物

罗布泊野骆驼国家级自然保护区规划范围是东经 89°00′~ 93°30′，北纬 38°42′~ 42°34′ 的新疆境内部分区域。在地域上包括了罗布泊北部面积广阔的噶顺戈壁、库鲁克塔格东段东部的阿奇克谷地、东南部的库木塔格沙漠，西临举世闻名的罗布泊楼兰古城。行政区域包括了新疆维吾尔自治区吐鲁番地区、哈密地区和巴音郭楞蒙古自治州。保护区总面积 7.77 万平方米 ，呈横凹字形，是目前国内规划面积最大的干旱荒漠自然保护区。这一地区，是我们考察队经过的地区之一。在考察中，沙漠大叔说，这一带有许多野生的骆驼、驴、盘羊及鹅喉羚，但在我们的行程中，却丝毫没有发现它们的踪迹。只能从资料上摘抄部分有关它们的情况，以飨读者。

由于野骆驼是仅存于我国和蒙古国的极度珍稀濒危野生动物，我国已将其列为一类保护动物。国际自然保护协会于 1956 年曾通过决议，把野骆驼列入“应加以绝对保护的动物种类名单”之内。

野骆驼又叫双峰驼，是典型的沙漠动物，原产于中、蒙两国，在我国分布于新疆、青海、内蒙古、甘肃。新疆则仅存于塔里木盆地东部，即以罗布泊地区为中心，西起和田河，东到玉门关，北至鄯善沙漠，南止阿尔金山北麓的广阔荒漠地带。这里海拔在 500 米到 2500 米之间。现在，新疆尚有野骆驼 1000 峰左右。

野骆驼

野骆驼属偶蹄目骆驼科大型食草动物，身材大小与家骆驼相近，毛色为淡棕色，长着弯曲的长脖颈和短小的尾巴，以背部长着两个突起的脂肪肉瘤为明显特征。它分叉的四个大圆蹄长有很厚的肉垫，适于在炎热的沙漠地表行走。身体下部长有七个胼胝体，以便支撑上吨重的巨大身躯长期歇卧。为了抵御风沙，它长有双重的眼睑和睫毛，以保护眼睛；鼻孔则长有可活动的瓣膜，能在风沙中关闭，阻挡沙子进入肺部。

为了适应沙漠中干旱恶劣的环境，野骆驼的身体有着特殊的功能。它爱吃盐生植物，无论是咸而多汁的盐穗木、盐爪爪、猪毛菜，还是粗糙的梭梭、芦苇、霸王、胡杨以及野沙枣的树叶等，它都爱吃。特别是针刺很长而营养丰富的骆驼刺，更是它的美味佳肴。野骆驼耐饥力很强，可以一个月不吃东西，只舔食地面上的盐斑而照常活着。因为它脊背上的两个肉瘤已储存了大量的脂肪，好像能源库，以供饥饿时享用。野骆驼又极耐干旱，它的血液有抗脱水的特殊功能，能十多天不喝水而照常活着。若遇到水，无论是淡水还是很苦的咸水，它都能豪饮尽饱。野骆驼有着敏锐的嗅觉，可嗅出近两千米以外水源地飘来的潮气，它还能预感大风暴的来临，顺风 20 千米外就能嗅到人的气味，因此，它能及时逃避人们的捕捉。

野骆驼多是以 7 峰到 13 峰的小群生活，每群由一峰成年公驼和几峰母驼及仔驼组成。初春发情交配。母驼怀孕期 13 个月，第二年春末产仔，一般为一胎，生育周期两年。

罗布泊地区的驼群常有比较固定的采食地、饮水源和休息地，周而复始的行动往往在盐壳和沙地上踩出宽三四十厘米，深一二十厘米的“驼道”。野骆驼最怕烟火，它们远避有人烟的居民点。因此，渺无人烟的罗布泊地区便成为它们活动的天堂。

野驴是野马的近亲，同属奇蹄目马科。但它却与家驴不同属。它在新疆有两个亚种，即阿尔金山、昆仑山到帕米尔高原东部乔戈里峰下生活的藏野驴和分布在准噶尔盆地到东疆一带的蒙古野驴。藏野驴较蒙古野驴体形高大而毛色稍深。

人们往往把野驴认作野马，但若仔细观察，两者则有着明显的形态差异：野驴不及野马身材粗壮。它的体形较小而四肢细长，身长近 2 米，肩高 1.2 米，耳朵很长，形似骡子。藏野驴体长可达 2.3 米。野驴和野马虽毛色均为棕褐，但野驴毛色浅得多，特别是冬毛，几乎呈淡棕色。若进一步仔细观察，就会区别出毛片颜色的明显差异：野驴脖颈下半部、腹部及腿部均为白色，或是微带淡棕色；而野马除腹部稍浅外，其他部位颜色均较均匀。此外，野马颈背的鬃长而稠密，尾鬃自根部附近着生，蓬松而粗大。野驴背鬃短而稀疏，尾鬃在近梢部三分之一处着生，尾巴细而短小，但它背上有一条野马所没有的美丽的黑色条纹。

野驴是较野马更能在干旱荒漠条件下生活的动物，适于粗食。沙漠中的梭梭、盐穗木、沙拐枣、花棒等是它喜爱吃的食物；禾本科的三芒草、芦苇、芨芨等更是它的点心。为了便于饮水，它们一般不远离有源泉或河流的地带。

野驴夏天多小群活动，生儿育女，到秋冬季节，则汇集成大群进行短距离迁徙。准噶尔盆地中，蒙古野驴有过五六十头的大群，而昆仑山的藏野驴则有更强的集群能力，多达 500 多头。它们奔驰过处，势如决堤的浪涛，地动山摇，异常壮观。

野驴较易驯养，在动物园中就能繁殖。

目前,新疆有藏野驴数万头,其中在阿尔金山自然保护区中即有2万头以上。蒙古野驴在 20 世纪 50 年代还有万头左右，但目前剩下不足千头，在卡拉麦里山自然保护区也仅有数百头。野驴已被列为我国一类保护动物。

盘羊又叫大头羊，是属偶蹄目牛科的中型食草动物。以其角的形状、大小及其体形，分为 8 个亚种。新疆有 5 种，分布在阿尔泰山、天山、昆仑山、阿尔金山等地，其中以帕米尔盘羊的角和体形最大，最重可达 250 千克，犄角长近 2 米，呈回旋形，几乎转了两圈。600 年前，意大利探险家马可・波罗来我国途经帕米尔高原时，看到了这种体大如驴，头顶一对粗大犄角的盘羊，十分惊讶。当他把这种动物介绍到欧洲时，动物学界为之轰动，并把它命名为“马可・波罗羊”，简称马氏盘羊。

盘羊喜在较平缓的山地生活，因此，盘羊在阿尔泰山和天山多出现于前山丘陵带，海拔低至 1000 多米的地区。在帕米尔，盘羊可爬到海拔 5000 多米的高山。它喜群居生活，数只到数十只为一群。

盘羊一般在早晨和傍晚两次下到谷地觅食和饮水，中午和夜晚在半山处避风而安全的山崖下休息，这时定有一只大角公羊站在突出的崖顶瞭望，以防敌害偷袭，这是群羊的哨兵，由有经验的公羊轮流担任，在遇到危险时，它便以前蹄击地，向同伴报警。每个羊群一般都有固定的活动范围和行走路线，因此，

野驴

常在山坡上踏出固定的“羊道”，而猎人和雪豹则往往循着这些“羊道”对盘羊进行致命的袭击。

秋天是盘羊膘肥体壮的季节，也是它们发情交配的时期。受孕的雌羊在翌年春季产仔一两只。小羊在生下后一个多小时就能行走，并很快能像母羊一样跑得飞快。母羊长有短而直的双角，必要时用以防狼护幼。雪豹、狼、豺和棕熊都是盘羊的天敌。

鹅喉羚也是偶蹄牛科中等体形动物，身材大小与高鼻羚羊接近。成年鹅喉羚重 20 多千克，身长 1.2 米左右，肩高约 70 厘米，身材瘦而四肢细长，善于奔跑，有一条 16 至 17 厘米长的黑褐色细长尾巴。雄羚头上长有一对 30 多厘米长的黑褐色角，从头顶徐徐向后上方分歧伸出，末端向上弯转。角上有明显的环纹，其数量随着年龄而增长，多的达 17 条。鹅喉羚上体呈棕褐色，腹面和尾基为白色，冬毛呈沙棕色，适于在无雪的荒漠沙地隐藏。

鹅喉羚是典型的荒漠和半荒漠动物，在新疆分布很广。从一望无际的砾质戈壁到起伏的丘陵和沙丘地带，从植被稀疏的河间高地到河流沿岸的胡杨林中都有它们的踪迹，但在南北疆分布有不同的亚种。

在北疆的秋季，鹅喉羚常集成数十或数百只的大群，从雪多而寒冷的准噶尔盆地北部向较温暖的南部迁移。当它们奔跑时，能跳过一两米高的灌木丛，跃过三四米宽的沟谷，时速可达 60 多千米，远远看去，好像是一片黄色的海浪在推进，那白色的臀部好似点点的泡沫，其势汹涌澎湃。每年的 12 月到 1 月，是鹅喉羚的发情期，雄羊间常发生激烈的格斗。春季，它们又向北移动，并逐渐分群。到 6 月前后，雌羚便离群选择隐蔽而水草丰盛的地带分娩，产仔一两只。带仔的雌羚常结成十余只的小群一起活动，主要以荒漠地带的猪毛菜、雅葱、蒿草及芨芨、芦苇等禾本科植物为食，喜在有水源的地方生活，直到秋末迁徙季节，才合成大群。

大漠英雄红柳和梭梭

走进罗布泊，最常见的植物就是红柳和梭梭，它们号称大漠的“英雄植物”。的确，在风沙肆虐的罗布泊地区，红柳和梭梭防风固沙，无论自然条件多么恶劣，它们都傲然挺立于大漠戈壁。有诗云，“依依红柳满滩沙，颜色何曾似绛霞”（纪晓岚《乌鲁木齐杂诗》）“萧萧迎马白杨树，的的娇人红柳花”（施补华《马上闲吟》）“几枝红柳影，对客舞婆娑”（李銮宣《马兰井晚行》），等等。清

红柳

沙生植物

肖雄还对红柳做了细致的观察，“红柳高不过五六尺，大者围四五寸，叶细类柏，色似蓝而绿，开粉红花，如粟如缨，有似紫薇，嫣然有香，木之最艳者，皮色红光润而贴，削之更现云纹。每枝节处，花如人面，耳目悉具，性坚结，西人作鞭杆”（《西疆杂述诗》注释）。

红柳在我国古籍中称柽柳，或称观音柳、西河柳、三春柳，维吾尔语称为玉勒衮。它多生长于我国西北广大沙漠地带，以新疆分布较广。红柳是一种古老的植物，它的祖籍远在非洲，在 1200 万年前，随着海退和地域的干旱化，经地中海、中亚细亚来到新疆。新疆红柳种类之多，分布之广，面积之大居全国之冠。它们落地生根，四海为家，对环境从不苛求。无论戈壁、荒漠、沙地、盐碱地、河滩地，都有它们的足迹。虽然形态娉婷袅娜，但性格犹如松柏之坚毅。它们有的把滚滚黄沙阻挡，并进而固定成星罗棋布式的红柳包、红柳山。沙高一寸，它高一尺；沙高一尺，它高一丈，从不低头、后退。有的红柳还能适应潮湿盐碱地，改良盐碱地，造福于人类。

干枯的梭梭

梭梭的祖籍可能在地中海，其家族约有十个成员，集中在西亚和中亚，向东数量逐渐减少。新疆只有两种，即白梭梭和梭梭柴。白梭梭是生于流沙地上的小乔木，树皮发灰，小枝淡白，嫩枝翠绿，对生鳞片叶具针刺芒状尖。梭梭柴又名黑梭梭，是生于荒漠或戈壁滩上的小灌木，树皮灰棕色，鳞片叶钝。这两种梭梭都是典型的沙生和超旱生植物，具有生长慢、树龄长的特点。每个生长阶段可以从其树形、长势的差异加以判断：9 年以前的幼树，树冠高度大于宽度，呈卵圆形，小枝挺直向上；10 至 20 年的中年树，树冠的生长已趋缓慢，呈圆球形，小枝开始下垂；20 至 25 年的成年树，高度生长停止，树冠稀疏，有时开始枯梢；30 年以上的老树则枯梢严重，整个树丛逐渐死亡。梭梭寿命可达到五六十年甚至有达百岁的，堪称沙生植物中的寿星。梭梭每年 4 月底至 5 月初开花，花细小而繁多，色淡黄而不艳，花期稍纵即逝，不易引人注意。每朵花的五瓣，在果期变成五枚膜质翅，保护着种子，远望似迎春蜡梅，给荒漠点缀着些许春色。

梭梭为了适应严酷的干旱环境，生长发育的每个阶段都和季节的变化紧密结合。春回大地，它利用冰雪融水迅速地发芽、生长、开花；夏日炎炎，它开始休眠，以贮存所需营养物质和水分；秋风瑟瑟，子房开始发育；寒风嗖嗖，它即进入二次冬眠；来年暮春，已木质化的小枝又抽出新芽，迎接新的一年！

苜 蓿

常常怀念苜蓿，那是一种坚强而又妩媚的植物，有其妖娆的色彩，有其令人心旌动摇的身姿。若有一匹马或者一群马深入它们中间，就能形成一个完美的组合。马的骁勇，马的一往无前的冲刺力，都与它有关。在戈壁上，一丛苜蓿会收揽春色，一丛苜蓿会摇动春风，一丛苜蓿使行走者、流浪者回到故乡。

在西部广阔的田野上，苜蓿是一种可以让人铭记的植物。

“苜蓿”一词，源于音译。在我国古籍中，苜蓿的名称颇多。因其种子含米，类糜子，可炊饭和酿酒，故名“木粟”；其宿根自生，可饲牛马，故又名“牧宿”。苜蓿广种平芜，翠绿如茵，“风在其间，常萧萧然，日照其花有光彩”（《西京杂记》），因而得了两个雅号：怀风、光风。另外，还有连枝草、黄花菜等称谓。

王维诗云：“苜蓿随天马。”《史记·大宛列传》云：大宛“俗嗜酒，马嗜苜蓿，汉使取其实来，于是天子始种苜蓿、蒲陶肥饶地。及天马多，外国使来众，则离宫别观旁尽种蒲陶、苜蓿极望”。古籍此类记载，说明苜蓿原产于西域，西汉始传内地，开始是作为来自西域的良马的饲料，并种于离宫别馆周围，供官员、国宾观赏。以后经过总结推广，才传入农家广为栽培。后魏贾思勰《齐民要术》、明代李时珍《本草纲目》和徐光启《农政全书》等，都有关于苜蓿栽培、管理等方面的记载。

在西部，常见的苜蓿有三种：紫花苜蓿、黄花苜蓿（又名镰刀苜蓿）、天蓝苜蓿。其中，以紫花苜蓿最多，品质最佳，栽培历史最久。新疆通常说的苜蓿，即专指紫花苜蓿。

苜蓿系多年生宿根豆科草本植物，鲜草富含营养。始花期，氮的含量为5.6%，磷为1.8%，钾为3.1%，此外，它还含有丰富的蛋白质和多种维生素。故有“维生素饲料”、“牧草大王”之称。苜蓿根系发达，其根深可达2到3米，根部生有大量根瘤，可固定空气中的游离氮素。苜蓿又是抗碱、抗旱、抗寒的绿肥作物。苜蓿还是蜜源性植物，开花季节，可供养蜂。其蜜纯正，色淡，味香，无异味。苜蓿还可入药，《本草纲目》称其“利五脏，轻身健人”，“利大小肠，干食益人”。

鲜嫩的苜蓿可作蔬菜，可羹可烹，也可制作咸菜。古代一些士大夫因生活拮据，有时以苜蓿充饥，故常用“苜蓿盘”喻指士大夫生活清贫。苏轼、陆游就有“羞对先生苜蓿盘”、“苜蓿堆盘莫笑贫”之句。科学家认为，常食苜蓿等多纤维植物，对人体健康大有裨益。老人食之，对预防胆固醇过高有一定功效。广种苜蓿，在为西部牛、马、羊、驴等多种牲畜提供优质饲草的同时，还有利于改良土壤，提高土地的肥力。

在前往罗布泊的行程中，我们不止一次地看见苜蓿，虽然十月的苜蓿已是花开花落，叶阔枝繁，但它点缀着整个敦煌和塔里木河流域。有了苜蓿，我们就像那些古代的行旅者一样脚步从容，就像回到了故乡的土地上一样，心情愉悦。

世界上最长的砖砌路

我们从若羌赶往农垦35团的路上，看见了一段砖砌路，一块石碑上介绍道：这是世界上最长的砖砌路的蓝本，在修建新的沙漠公路的时候，公路主管部门把这段路特意留了下来，作为历史的纪念。

为了在沙漠腹地打通贯通全疆的交通线，1966年8月，数万名建设者在国道218线自K 931至K 1033的102千米的路段上，用当地的黏土和路边的

砖砌路

砖砌路碑

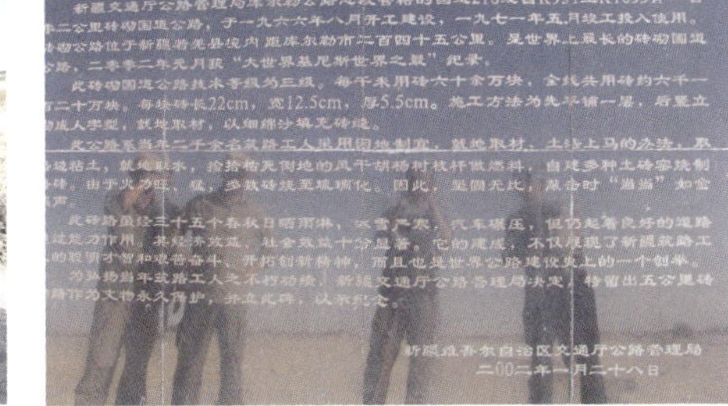

砖砌路碑文

壮观的砖砌路

砖砌路面

水制成土坯，用沙漠上到处散落着的枯死的胡杨树干烧制成砖，由于火力旺、猛，很多砖烧至玻璃化，因此坚固无比，敲击时能发出“当当当”的金属之声。

这段公路技术等级为三级，每千米用砖 60 多万块，全线用砖约 6120 万块，每块砖长 22 厘米、宽 12.5 厘米、厚 5.5 厘米。施工方法为先平铺一层，后竖立砌成人字形，就地取材，以细绵沙填充砖缝。

2002 年，这条砖砌公路获“大世界基尼斯世界之最”纪录。

在沙漠上修公路不容易，用砖修公路更是一个浩大的工程。走在砖砌路上，其路面虽已斑驳不平，但我们分明能够感受到那是心血与意志的产物，我们向它投去深深的敬意。

走进营盘

营盘汉代遗址是一处罗布泊地区中保存较完好的古遗址。有一圆形城墙，直径 300 米，残墙高近 6 米，城西有一佛塔遗址，碎土坯形成金字塔形。古城北边 2 千米处的高台地上，存有佛塔基座，佛塔基座西边则是著名的古墓群，为罗布泊地区最大的墓葬群。完成对米兰的考察后，我们径直去了营盘。

营盘遗址发现于 20 世纪初，经考证是 1600 年前汉晋时代遗存。1996 年，中国考古学家进行考古发掘，其发掘成果入选 1997 年中国考古十大发现，曾轰动世界。

营盘古城、佛塔、古墓正好呈三角形。

大家进入营盘古城后，都赞不绝口。考察队中，摄影家王金和张润国是第二次来，比较了解情况，充当了我们的讲解员。沙漠大叔则领着我们参观文物古迹，给我们讲有关营盘的传奇故事。沙漠大叔说营盘是个宝地，发现过很多金银财宝，曾经有一个牧羊人在这里拣了一块很重的石头，原来这块石头是一块罕见的“狗头金”……

城西约 50 米处我们看见了一座“山”，其实那是一座佛塔。

佛塔由土坯垒砌而成，基座为方形，塔顶为圆柱形，整体呈复钵形。佛塔底边长 10 米左右，残高约 5 米，由于年代久远及人为破坏，佛塔有部分已坍塌。

来到营盘古墓群，大家看到一座古墓，墓显然是被人盗过，有四块棺木丢

佛塔

佛塔一角

弃在外面。

这是一具汉晋时代的箱式彩棺。阳光下，这块箱式彩棺残片的图案呈淡绿色，棺板是由胡杨木砍斫而成，上面有清晰的斫痕，棺板四边描绘着卷云图案。这在已经发掘的营盘文物中属于绝世珍品。

从发掘出的彩棺可以断定，该墓葬主人是当时小王国中的最高统治者。通过对墓葬主人的进一步研究，对了解这个时代的人类文明的发展、中西文化交流和丝绸之路的兴衰有着重要意义，也为深入展开营盘考古提供了重要信息。

神秘的罗布人

罗布人是世代居住在罗布荒原的居民。在西方探险家刚踏入塔里木河尾闾的村落时，村民们自称“罗布里克人”，简称罗布人。《普尔热瓦尔斯基传》中说：“贫穷而又软弱的罗布人在精神上也是贫困的。他们所理解和想象的整个世界就局限在四周环境的狭小圈子里，除此之外，他们什么也不知道。他们的智力不超过所需要的范围：捕鱼、捉鸭，再加上其他一些生活琐事。”

对于罗布人，斯坦因有过细致的描写：“身材魁伟，肩膀宽大，满脸浓须，颧骨突出，头发稀疏，体形体现出蒙古人的特征，但仍然能与塔里木河两岸那些靠捕鱼为生者明显区分开来。”他们“讲的是一种含混不清、元音很重的罗布方言，用词古怪，以致生活在叶尔羌和和阗的维吾尔人也听不懂他们的话”。

罗布人的村落是“一个破烂不堪的小村落，由渔民们的芦苇棚组成。但是只有在这个地方，罗布人仍然坚守着自己传统的生活方式”，“这里冬天寒冷，夏天酷热；冬天冷风刺骨，夏天蚊子多得吓人，只有在刮起风暴的时候，人们才能摆脱蚊子的包围”，尽管这样，恶劣的气候对他们几乎没有什么影响。

有关专家分析，所谓的罗布人，如果从人种上看，属于维吾尔族人，由于混血的原因，他们与纯粹的维吾尔族人又有很大的差别。他们捕捉野羊，挤羊奶喝；或是在水中捞鱼以维持生命，过着和野生动物类似的生活，直到后来的很长时间，他们才开始用木头搭建房子，定居生活。

塔里木河的晚霞（最后的罗布人村寨）

在典籍《西域水道记》中，对罗布人的生活也有过描述："其人不食五谷，以鱼为粮。"

最著名的罗布人村落是斯文·赫定所绘地图上位于喀拉库顺河畔的阿不旦。据说，罗布人的祖先最初并不在阿不旦，而是生活在北面的大湖边，由于那里发生了一场大灾难，罗布人的祖先才迁到阿不旦，这段历史被编写成了诗歌，在罗布人中间广为流传。

20 世纪 80 年代，新疆考察研究所在米兰绿洲东北 80 千米和 120 千米的沙漠中发现了两个近代罗布人的村落，现存房屋废墟 30 余处和墓葬 10 余座，这个地方就是老米兰以及斯文·赫定的地图上提到的阿不旦。

据记载，阿不旦是昆其康伯克的父亲纽末特率罗布人开拓的。清代末年，

罗布人村寨月牙湾

由于塔里木河河道改道，下游的阿拉干湖群随之枯竭。生活在阿拉干湖畔靠捕鱼为生的罗布人不得不离开这里，迁往阿不旦。

河水干涸后，没有鱼打了，阿不旦的人们就学着放牧，买回牛没养几年就变成了野牛，全村人只有组织起来集体去捕杀。最后，实在生活不下去了，人们被迫离开了生活了200年的家园。

今天，在新疆塔里木河流域的尉犁县郊35千米的地方，有一座罗布人村落，是一个复制罗布人居住和生活环境的旅游景点。在那里，塔里木河蜿蜒而过，古老的胡杨覆盖了整个村落，有草棚、罗布人宗教祭祀的场所，有罗布人的馕坑、锅灶，有罗布人打鱼所使用的木船，这种木船很奇特，也很简单，把一根粗大的胡杨木掏空一面，就能够在水上航行了。罗布人村寨大量模仿了罗布人的居住环境和生活环境，包括居所、羊舍等等。这里的风景也很独特：河水、沙山、骆驼、胡杨……

沙漠大叔

在还没有涉及罗布泊这个领域的时候，我们不知道沙漠大叔，不知道世界上竟然还有以罗布泊为生的人。2004 年 10 月，我们在敦煌西北 250 多千米的三垄沙雅丹地貌考察和航拍，在那里遇见了一个名叫赵建平的年轻人，他向我们提起了沙漠大叔。

这里已经是罗布泊的前沿，在“十一黄金周”期间，不时有人从这里出发前往罗布泊，很多人都是由沙漠大叔把他们带进罗布泊，又安全带出的。关于罗布泊探险，沙漠大叔是向导中最优秀的一个，被业内人士称之为“罗布泊的活地图”。

赵建平是个热心的年轻人，当时他正在三垄沙雅丹地貌做旅游服务工作，沙漠大叔多次在这里落脚，故他们相识、相知进而成为师徒。

沙漠大叔原名赵子君，出生于山东曹县，自幼随哥哥赵子允进疆，赵子允从地质学校毕业后，分配到了新疆地质局二区测绘队，常常去罗布泊搞地质测绘，这使赵子君有机会了解和深入罗布泊。那时候，他仅仅是作为雇佣的民工为测绘队搬运物品、打杂，以此为生。后来，他在测绘队有了正式的工作，并在新疆农村安了家，找了一位维吾尔族姑娘为伴。沙漠大叔说起这段时光时，很激动。维吾尔族姑娘漂亮、能干，也很贤惠，但就是观念保守，以多子多福为荣。他们在结婚后的三年间生了三个小孩。这让经常在罗布泊奔波的沙漠大叔无法招架，就这样，他的维吾尔族爱人还嚷着要生小孩。在他们那个村里，女人们生小孩像比赛似的,一个比一个生得多,一个比一个生得快。沙漠大叔说，从前他走罗布泊是为了生计，为了养活这些孩子们，现在走罗布泊就成了一种自觉自愿，一年不去几趟罗布泊心里就痒痒。

沙漠大叔说，在罗布泊里，他最难忘的一次是 20 世纪 90 年代末，他带领着几个外国人考察罗布泊，在快要走出罗布泊的时候，山上发洪水，古河道大水奔流，阻挡了他们前行的道路。几天洪水都不见退，沙漠大叔明白，这下坏事了！往前走，洪水滔滔；往回返，路途遥遥，只好死等。可死等也得有死等的本钱，所谓的本钱，就是粮草。没有粮食，没有饮用水，在酷热的天气里能熬多长时间？在最后的日子里，能吃的全吃完了，能喝的也全喝完了，没办法，沙漠大叔只好捉老鼠吃，外国人看见血淋淋的老鼠，死活不吃，他就给他们挖

听向导沙漠大叔在白龙堆讲解穿越路线

草根。四天熬过去，洪水退了，他们得救了。走出罗布泊的外国人纷纷竖起大拇指，称赞沙漠大叔是罗布泊里的英雄。

沙漠大叔性格开朗，遇事总是替别人着想，他的罗布泊生涯有苦有乐，但在他脸上流露的却全是喜悦与快乐。

在我们穿越罗布泊的旅程中，每到一处，沙漠大叔都与那里的人有亲密的交往，都能听到有关沙漠大叔的故事。

罗布泊的传说

沙漠大叔给我们讲述了在塔克拉玛干绿洲流传着的许多关于古代市镇的传说。据传，在被流沙湮没的城堡里埋有大量金银财宝。我们也采访了一位在罗布泊附近的盐碱沼泽地带的牧羊人，牧羊人祖祖辈辈在这一带以放牧为生，对这一带的情况十分了解、如数家珍，他对此作了生动的叙述：

城垣耸立在芦苇丛中，整个城市隐藏在这些芦苇里边。城垣四周围绕着泥塘，草丛中有毒虫和长虫，很多进去过的人，几乎都因为经不住其储藏着的财宝的引诱而大都死在里面。在那里，神像四周的架子上，摆满了璀璨夺目的明珠、宝石和无数的金银元宝。当时数以百计的当地人走进废墟中的寺庙里去祭祀神仙，但是谁也没有权利从这里拿走其中的任何一样东西。

有一个当地人到庙里去祭祀神仙，但由于他财迷心窍，经不起诱惑，便偷了两个金元宝藏在口袋里，没走多远，他突然感到非常疲乏，于是躺下来睡着了。当他醒来的时候，发现元宝不见了。因此他又到庙里，打算再多拿一些。这次使他惊讶的是，他第一次所拿的两个元宝端端正正地仍旧放在原处。这可把他吓呆了。于是他赶紧跪在神像前，磕头如捣蒜似的请求宽恕。那个神像笑了，这是警告他，今后再不许盗窃圣物。

另一种传说是关于这些古代市镇如何消失的。公元 16 世纪，有位历史学家叙述过罗布泊附近的市镇卡塔是怎样遭受毁灭的。他说，只有一个伊斯兰教

罗布泊的荒野

的学者和一个正处于祷告时刻的信徒，由于信仰虔诚，得免于被席卷的流沙所吞噬。当时那个信徒正在进行晚祷，天便开始下起沙子。除了清真寺外，整个市镇很快就消失得无影无踪。这个惊慌失措的信徒从尖塔顶端向下看时，发现四周的土地一直在迅速地往上升。

类似这样的故事，还有流传更早的。公元 7 世纪，伟大的圣地探险家佛教徒玄奘讲过另一个市镇的故事。那是在若干世纪之前，由于当地居民们忽视了他们在宗教上所应尽的义务，结果那个城镇就被沙漠风暴湮没了。玄奘说，一阵巨大的风刮起来了，“第七天的傍晚，正是昼夜交替的时候，沙土开始降落”。不多一会儿，他叫作霍落落卡的这个市镇，就湮没在巨大的沙堆之中。“附近国家的国王以及远处掌权的人们，曾不止一次地打算挖掘这个沙堆，拿走湮没在里边的珍宝。但是当人们刚一到达它的附近时，突然就刮起一阵狂风，吹得滚滚黑云从四处围拢起来，接着这些人就消失了。”据说，被埋葬在塔克拉玛干沙漠下的市镇，约三百处左右。

进入库尔勒

在我们穿越罗布泊的第八天，到达了美丽的西部边陲绿洲——库尔勒市，它是新疆维吾尔自治区巴音郭楞蒙古自治州的首府，位于天山南麓，塔克拉玛干大沙漠的边缘，地处新疆腹地。

刚刚走出荒原后的人们看到库尔勒，觉得它完全是人间仙境，称其为“塞外江南”也不为过。与库尔勒相连的莲花湖及西南小湖区，河道曲折蜿蜒，港汊四处密布，蓝天碧水，翠苇丛生，睡莲盛开，群鱼遨游，飞鸟翔集，一派南国情调。其周边的天山草原、天鹅湖、塔克拉玛干大沙漠、西海渔村等都是值得一看的自然奇观。位于城北的铁门关、玉子千古城、托务其古城、爱力克满古城、库尔楚土墩遗址及古陶造物等，更是展示了这一地区灿烂辉煌的古代文明。

这里是少数民族聚居区，随便走在大街上，林荫道边、城市广场，都可以欣赏到维吾尔族同胞优美轻快、热情奔放的舞蹈。每到信奉伊斯兰教的少数民族主要节日肉孜节、古尔邦节时，更是热闹非凡，姑娘追、叼羊、飞马拾银、赶巴扎、高空走绳等活动妙趣横生，引人入胜。

在库尔勒，可以吃到著名的库尔勒香梨，这种梨虽其貌不扬，却以果肉细腻、口感甜脆而闻名全国。每年，这里都有大量的库尔勒香梨走向全国市场。

博斯腾湖

到库尔勒不到博斯腾湖是一大遗憾。早在临行之前就有朋友告诉我：你必须去一趟博斯腾湖，博斯腾湖是联结塔里木河与孔雀河的“蓄水池”，看了博斯腾湖就可以把罗布泊、楼兰以及新疆联系起来了。所以刚到库尔勒，我就计划好了去博斯腾湖的行程。

博斯腾湖古称“西海”，唐谓“鱼海”，清代中期定名为博斯腾湖，位于焉耆盆地东南面博湖县境内，是中国最大的内陆淡水吞吐湖。当地人称博斯腾淖尔，蒙古语意为“站立”，因三道湖心山屹立于湖中而得名。博斯腾湖距博湖县城 14 千米，距焉耆县城 24 千米，其东南部最低洼处为开都河尾闾，又为孔雀河源。湖盆位于天山华力西褶皱带拗陷内，为断陷湖。湖体东西长 50 多千米，南北宽 25 千米，呈扁平碟形，水面面积 1030 平方千米，湖面平均水位海拔 1048 米，湖盆最低处海拔 1031 米，最大湖深 17 米，平均深约 9 米。现今湖体可分大、小湖两部分：大湖面积约 980 平方千米，小湖面积百余平方千米，小湖附近还有苇湖沼泽约 300 平方千米。大湖水域辽阔，明净的水面与雪山、湖光、绿洲、沙漠相映成趣，水天一色、烟波浩渺，加之奇禽异兽时常出没，如同一幅五彩斑斓的风景画卷。小湖区，苇翠荷香，曲径通幽，被誉为“世外桃源”。

人在博斯腾湖，碧的水、绿的苇，潮湿的风、鲜艳的花，让我们对罗布泊的那些艰苦旅程更难忘怀。

吐鲁番

吐鲁番是我们考察队的最后一站，结束了库尔勒之行后，考察队直奔吐鲁番。关于吐鲁番，我们最早是通过一首家喻户晓的歌曲《吐鲁番的葡萄熟了》知道它是我国著名的葡萄产地，也知道它是我国海拔最低的地方。

在我国历代史籍中，不乏关于吐鲁番的记载。这里汉时属车师前国，称高昌，晋置高昌郡，唐改置西州，宋称高昌回鹘，元称火州、和州。吐鲁番一名，始见于《明史》所记之“吐鲁番”。清设吐鲁番直隶厅以后，此名遂沿用至今。自西汉 2000 多年来，吐鲁番一直是内地同西部边疆密切往来的必经要地。它在政治、经济、文化各方面很早就深受中原地区的影响。

吐鲁番的四周为山地，海拔 1000 米以上。它北面的博格达山，海拔 5000 多米，远远就可以看到皑皑的冰峰，巍峨壮观的景象气势逼人。群山之中，则是一个长条形的深陷的洼地，这就是所谓的吐鲁番盆地。从库尔勒到达吐鲁番盆地边沿高处，纵目俯览盆地，无边无际，荒漠中点缀着葱茏的绿洲，截然不同的景致出现在一块土地上，让人叹为观止。

吐鲁番又是我国夏季气温最高的地方，有“火州”之称。清肖雄《西疆杂述诗》记载：“高昌炎热绝无俦，赢得元时号火州。”这里每年 6 至 8 月，平均气温为 30℃，居全国之冠。全年 40℃以上的高温天数超过 40 天。1975 年 7 月 13 日吐鲁番民航气象站曾测得 49.6℃的最高日温，创下了我国极端最高气温的纪录。

盛夏的正午时分，热浪阵阵，暑气逼人。在沙砾地面，更是足底发烫，地表温度达70℃，最高纪录达82.3℃。人们形容这里埋沙能烤熟鸡蛋，贴墙能烙熟大饼。唐代边塞诗人岑参就有“火云满山凝未开，飞鸟千里不敢来”的诗句描述这里。

我们来到吐鲁番虽是深秋，但白天的气温仍是居高不下，一股股热浪咄咄逼人，但早晨和晚上却冷得人浑身不舒服，这样的温差也是这儿的特色吧！

葡萄沟

到了吐鲁番，必去葡萄沟，不然无法见识吐鲁番的甜蜜与秀美。

葡萄沟位于吐鲁番城东北角，是火焰山西侧的一个峡谷。两山夹峙，中间是草木芳菲的沟壑，一道银练似的河水从沟底奔流而下，纵贯十多千米，灌溉着整个葡萄沟。从河边到两岸山坡，是层层叠叠的葡萄田。桑树、榆树、桃树、柳树夹杂其中；典型的少数民族村舍里，衣裙鲜艳的维吾尔族姑娘进进出出，欢声笑语不断。我们去的不是时候，错过了吃葡萄的季节，成熟的葡萄已经全部采摘，山坡上一排排整齐的晾房里，葡萄正在走向葡萄干的路上。

导游说，如果 8 月份来葡萄沟，就可以亲手采摘鲜美的葡萄，在宽敞幽深的甬道，清雅玲珑的亭榭别墅品尝葡萄了。不过，我们也不遗憾，水果摊上仍有出售的葡萄，还有无花果、杏子、巴旦木等干货，我们每人买了一兜，毕竟来了一趟葡萄沟，不能空手而归。

葡萄沟居住着维吾尔族、回族、汉族等民族，共 5000 多人。他们世世代代以种植葡萄、瓜果为业。传说唐僧取经时，曾路过这里歇脚纳凉，师徒一边饮着山泉，一边吃着从路上带来的葡萄。他们撒下来的葡萄籽，不久就发芽生枝，开花结果。从此，这个深谷便渐渐地变成葡萄的王国。根据古籍记载，火焰山周围一带种植葡萄确实已有千年以上的历史。《册府元龟》称，唐太宗遣兵伐高昌之后，曾“收马乳葡萄实，于苑中种之，并得其酒法”。又据《明史 · 西域传》载，当时吐鲁番已出产无核白葡萄，称其“小而甘，无核，名锁子葡萄”。

第四章

行者随想

走出罗布泊

走出罗布泊，一个人的不适立刻显现了出来。在罗布泊走了一个星期甚至一个月，看见了远方的绿洲，等走近了，知道那不是海市蜃楼，树干可以触摸，叶片可以咀嚼，苦涩的味道和罗布泊里的尘土的味道一模一样。而且，树叶的颜色极不真实，像成色很好的翡翠。沟渠里有水，水清亮清亮的，掬一捧喝完：呀，真甜！一群人有说有笑地过来了，让一直都自言自语的那个人想躲起来。

登上罗布泊的南岸，我就是那个人。在尉犁，一家很有名的烤全羊的饭店里挤满了来自北京、上海、广州的客人，他们乘飞机匆匆而来，只是为了品尝这里肉嫩味美的烤全羊，吃几口，说一声绝了，又乘飞机走了。留下的那些当地人不在饭馆里吃，而是挤在用于烤全羊的馕坑边，眼看着师傅把刚刚宰杀的小羊羔涂上调料放进烧红的馕坑，捂上潮湿的被子，然后一盆一盆地泼盐水、辣椒水……等一只羊烤熟了，蜂拥而上，这个一块，那个一块，很快一只羊就没有了。我一直在那里看，师傅以为我是买肉的顾客，也不问。我看了特殊的烧烤全羊的方法，就像回到了汉代和唐代的某天某月，飞扬的尘土、弥漫的香气，都是从那简陋的地坑里飘出来的。

从尉犁打车去库尔勒，开车的维吾尔族司机一路上不说话，临下车的时候告诉我，买和田玉要去什么地方，买最甜最好的葡萄干要去什么地方。下车后，一个很要好的朋友也是这么告诉我的。

考察队全体成员在罗布泊留念

在库尔勒火车站，我的身上沾满了罗布泊的风尘，一下子引起了警察的注意，他收走了我的身份证，很长时间才还给我。进了候车大厅，又有几个警察围了上来，仔细检查我的行囊，从包里翻出了一大堆东西，最后翻出了两部步话机，这下，他们如临大敌，开始认真地盘问。没办法，我只好讲了我的工作单位，讲了我穿越罗布泊的事情。就在说完最后一句话的最后一个词的时候，离我最近的一个警察眼睛发亮，迅速握住我的手，连声说：对不起，对不起！几个人认真地收拾好我的东西，把我请到了一处宽敞的座位上。走远了，几个人还在不停地回眸。

火车上，找到座位刚坐下来，就有人问我是不是挖金子的“淘金客”，我又不得不再讲一遍我穿越罗布泊的事情。不成想一下子全车厢的人都拥了过来，一个人竟然激动得结结巴巴地称我为“勇士”，这个递给我苹果，那个送我一个鸡腿……

我仅仅穿越了罗布泊就成了“勇士”，我仅仅实现了自己的一个愿望，就成了“勇士”，这让我猝不及防。

旅行者

绿洲与绿洲之间的距离很远，主要的交通工具是马和骆驼。因为旅行线路远，有时要穿越无人区、翻越高大的山系，马与骆驼就显得更为重要。在敦煌壁画中，有很多描绘旅行的画面，它们中间除了手牵驮畜的步行旅客之外，也不断出现骑马的人。

一个常常出门旅行的人，对于交通工具的选择是近乎苛刻的。比如一匹马，要看它的牙口，还要看它的身材、毛色，更要考验它的耐力。有一匹好马，旅行者才会安心地上路。大型商队一般使用的是骆驼，对骆驼的选择也是一样，优中选优、百里挑一。那时，普遍作为驮畜的牲口有骆驼、骡子、驴和马。在一块绿洲上不是每家每户都有这些驮畜，这些驮畜在当地称之为大牲口，更多的人出门，是要租用大户人家的驮畜的。在一份古代文书中记载了当时租用一头驴子应当遵守的契约：在租借之前，必须对它精心饲养、定时放牧。

旅客可以租用驮畜，也可以租用向导，在一个商队，向导是很重要的。沿着一条线路行走和沿着另一条线路行走，时间不一样，所花费的精力也有很大的差别。有经验的向导总会顺利地把商队带到目的地，也会自如地应付从天而降的灾难。平常的情况是，一个向导可能只熟悉一段道路，走完了这段路，就要由下一段路的向导加入商队，在那个时代，向导这职业是很辛苦的，也是稀有的。每一个商队基本上都有自己固定的向导队伍。付给向导的报酬，可以是

货币，也可以是实物。实物一般为规格统一的珍贵的丝束。

在官道上的旅行者会轻松一些。政府沿途都设立了驿站，在中原有十里一驿、五里一站的情况，而在北方辽阔的土地上，驿站的数量虽然少了许多，但走过一天的路程，总会遇上的。大概是从汉代开始，这些地方就已经有了驿站。政府有一整套邮驿制度，驿站和驿站之间，一方面有快速驿马传递消息；另一方面，旅行者可以在那里换乘马匹。一些资料上说，丝绸之路上的许多驿站由于地处偏远，来往人员的接待量大，资金的拨付和马匹的更换接济不上，逐陷入困顿之中。

从一块绿洲到达另一块绿洲，旅行者的到来，都是盛大的节日。无论你从哪里来，要到哪里去，当地的居民都会盛情接待。旅行者讲述的各种各样的故事，对定居于绿洲地带的人们来说，是难得的增长见识的机会。

古代的行者

古代，一条从中国腹地渭河流域横穿中亚、西亚抵达地中海地区的交通线，有无数的行者，我一直想象着他们行走的姿势，但当自己真正走过其中的一段之后，就会发现，其中的艰辛远超于自己的想象。

传说在漫无人烟的戈壁沙漠遍布魑魅魍魉、幽灵幻影和妖魔鬼怪，他们专以诱骗行人迷路寻开心，使这些人永远葬身沙漠黄泉之下，化作他乡之鬼。新月形的沙丘，黄色的、棕色的和红色的沙海，被风吹成一道道长沟和阶梯形的黏土地，数不清的深壑及陡峭的山脊即使近在眼前也很难发现，稍不留神，身体在瞬间消失不见了……有时候是漫天的黄沙，漂流的沙丘，掩埋一座房子不在话下，何况人与牲畜。有时候是冰雹，打在人身上渗痛，若供给接济不上，一路上，到处都是僵硬的人和骆驼……

这是传说中这条道路上的凶险之所在。但在这条道路上奔波的人，仍然乐此不疲，前赴后继，成千上万的人把足迹留在了这条路上。

丝绸之路越过黄河，进入河西走廊，还是有迷人的风景的，毕竟有号称“金张掖”、“银武威”以及米粮川的酒泉和瓜果之乡的敦煌，在那个时代，它们都是国际知名的“贸易之都”。可是，西出敦煌情形就不一样了。没有边际的盐泽和荒漠是一成不变的地理状况，盐泽中有一层白色的硬壳，骆驼和马的蹄子即使钉了厚实的铁掌，也会很快磨破，在盐泽留下一道道血迹，一旦发生这种事，骆驼和马不能前行，错过最好的穿越塔克拉玛干大沙漠的季节，整个计划就要更改。所以随行的队伍中，总要有料理骆驼和给马钉掌的人。漫长的行程中，如果不是到了认定的歇脚点，几乎没有可以饮用的水源地，即使有时发现了水，那水也是苦涩异常，难以下咽。在一个驼队或者马队中，除了运输的货物，大部分都是水和食物。在盛夏酷暑，庞大的商队为了避开白天火烧般的日头，只好披星戴月地夜行，这样能够减少饮用水的消耗。夜晚，他们像海员一样，根据星辰的位置辨别方向，不会迷路。

每支商队的骆驼和马的数目多寡不一，一般情况下，马是短途的商队所使用的运输工具，而几千上万里的长途奔袭，就只有骆驼能够承担了。骆驼的特点是不知疲倦，能耐饥渴。一匹骆驼可以半个月不吃一根草、不喝一口水。秘密就在它的驼峰上，它是补充营养和水分的储藏器。然而即使这样，一趟差使中，累死一两峰甚至十几峰骆驼也是常有的事。要组建一支商队，需要的骆驼至少 50 峰，多者有 100 峰甚至上千峰。这样，才能运输足够的货物，才能使一趟出行有所赢利。商队往往结伴而行，这样，遇到了匪盗能增加抵抗的力量。在商队中，丝绸驮子相对沉重，而首饰、乳香和香料驮子虽然较轻，但特别贵重，是重点保护的物品。商队络绎不绝、川流不息，而商人永远不离开商队，商队也不会等任何人。他们知道，有时候因为一两天的耽搁，风雪就可能堵塞山口，或是融化的冰雪使河流陡涨，那就完全没有了退路。危机时刻，他们一天多喝不到一口水，却不愿意停留一刻。这种情况下，停留就是死亡，所有走在这条道路上的人，都明白这个道理。

在个别歇脚点，当剩余的路途期限略微宽裕的时候，商人们才会稍事逗留。骆驼可以自由自在地吃草，汲取营养和水分。其背部和蹄部的伤口，也会迅速痊愈。伙计们则忙着检查货物，修理自己的长筒靴和皮袍，做好准备继续前行。

远 行

现代人的远行，仅仅是个经济问题。今天在天南，明天就有可能在海北。就像神话传说中的那样——人可以在天上飞。远行的意义，只是时间和金钱的意义。

而一个真正远行的人，必须是一个彻底的步行者，甚至走马观花也应该抛弃。

我去过一些地方，有时候为了赶时间也坐飞机，几天的路程，几个小时就走完了，心很虚。心虚的表现一是坐在飞机上不踏实，脚底下飘着云彩，头顶上是轰鸣的机声，万一掉下去，那可是连一根骨头也休想找见，总是坐一次恐惧一次。二是不真实，从一个地方起飞，到另一个地方，明明是千里之遥，却是咫尺之近，时间和空间的比例让人接受不了。

所以，无论去什么地方，我是喜欢步行的。稍远的，可以坐汽车和火车。年轻的时候，我曾骑自行车穿越了河西走廊西部的大部分地区，那种感觉至今仍然难忘。骑自行车虽然体力上的消耗多少让人有点痛苦，但对于旅行来说，最适宜不过。原因是一个地方的高低、辽阔能够亲自体验，而不是纸上谈兵。骑一段路程，遇见好的景色，可以自由地去享受，不受任何约束。步行更自由一些，可以登山、涉过溪流，可以穿过大片长满野花的草地，可以随时躺在阳光下休息。

我常常翻阅古代旅行家的游记，他们的好游和远行是天性使然，并没有外界的逼迫。他们想到哪里就到哪里，想做什么就做什么。朋友宴请，就干脆席地而坐，在后花园里把酒论古今，论完了也酒醉了，第二天告别朋友的时候写一首诗，还能名满天下。

我也常常羡慕那些现代的探险家们，抛家舍口，一个人步行远游，不是去罗布泊，就是穿越巴丹吉林沙漠，背上行囊，四处为家。在大戈壁滩上，与野狼为伍；在大沙漠里，与干渴为伴。只要走进大自然的怀抱，他们就总是有着无法抑制的激情，写下那么多美妙的文字，让不能远行的人对远行充满了向往和期待。

在我生活的城市，我曾遇到过一个探险者，他对我说，第一次远行确实是一种莫大的痛苦，这痛苦主要是不能承受的寂寞。而走过一两趟之后，就渐渐觉得人的一生，如果不选择远行，将是最大的遗憾。探险者最后说：远行，真是销魂的感受啊。我相信他那发自肺腑的感叹。我理解了那些探险家为什么要一次次走向无人区，去挑战生命的极限，绝对不是为了出风头。

我小范围地远行过，那只是一般意义上的远行，但已让我极为受益，在这次的远行中，我学会了享受寂寞和宁静，学会了独自面对世界，学会了与大地交流的方式。总之，那是一种销魂的感受啊。

一个人的罗布泊

“一个人进入罗布泊，他走了很远的路，一直穿过了罗布泊，在他的心里，绘出了一条路线，在那条路线上，一个庞大的湖泊干枯的过程，仅仅是岁月的记忆。对于他，罗布泊是一座盐碱的宫殿，它周围的环境，是山川、沙漠和戈壁的宫殿。”

“一百千米的戈壁、一百千米的沙漠、一百千米的山谷、数百千米的盐碱滩，在每一段的行程中，戈壁是戈壁，沙漠是沙漠，山谷是山谷，盐碱滩还是盐碱滩，风景在过渡，过渡的过程中，风景的元素，其秩序、色彩没有丝毫的变化。这与平原上的情况大不一样：各类的庄稼、各色的树、个性的房子……习惯的那种观察世界的方法，用不上了。速度因为一成不变的景观而缓慢，时间也仿佛凝滞。其实在这样的环境中根本不需要时间和速度。此岸和彼岸是一样的。”

在进入罗布泊的第四天，我在日记本上写下了这些话。虽然在我的身边有浩浩荡荡的一群人，但我还是觉得是我自己一个人。前四天的行程中，汽车先是驶向戈壁，灰褐色的沙石，一路铺展，广阔无边的样子，景色的神奇力量，让我为之震撼。可汽车行驶了几个小时之后，这种神奇的力量就成了我感官上的沉重负担，我第一次有了旅行中前所未有的身心上的疲惫。接着有了沙漠，在自然环境的接点中，这样的感觉又开始重复。我知道，这是一块地域，具体地说就是罗布泊在影响我。

罗布泊沙化的河岸

一个能够改变人类的地方是高尚的、伟大的。从这个意义上说，罗布泊正是这样一个地方。正因如此，罗布泊也是独一无二的。

在所有的关于罗布泊的记录中，罗布泊地区和罗布泊是混淆的。在一本典籍中说：出玉门关三十里即罗布泊。这里指的是罗布泊地区，而真正的罗布泊还很遥远。广义上的罗布泊，也就是罗布泊地区，包含了敦煌西北部、青海东部的部分地区、新疆东部地区大部及塔里木河流域大部。狭义上的罗布泊则仅仅是有着一圈圈形似耳朵轮廓状的古溯岸遗迹的地方，庞大的湖盆南北长约350千米，东西宽100多千米。

进入真正的罗布泊，则是盐碱的世界，厚厚的盐碱是罗布泊的外壳。同行的向导有亲身经历，有一次他去一个高大的盐碱壳后面上厕所，盐碱壳下面突然发出巨大的轰鸣声，让他吃了一惊。再往旁边看，有一眼黝黑的大坑，他拣

罗布泊一望无际的盐碱地

了重物扔进去，半天没有回声……专家们分析，这盐碱壳的下面可能是湖泊。

这还不是罗布泊最让人恐惧的地方。人在罗布泊，眼前常有驱不散的地平线，眼下亘古一色的盐碱滩，油然而生的寂寞和孤独才是在罗布泊的行人最恐惧的。在这种环境中，很快就没有了方向感，无法辨别东南西北，走向一个地方，你以为是东，可这偏偏是北；你以为是北，却走向了西。人的日常经验在这里全部作废。在这样的空旷中，你还能做些什么呢?

曾听说过这样一件趣事：一位亿万富翁的车队穿越罗布泊，随身带了美女秘书、保健医生和厨师，还带了高级的活动板房，吃得可口、喝得顺心，每天还洗澡，可他仅仅在罗布泊待了三天就受不了了。他出巨资央求向导，找一条捷径，快速走出罗布泊。向导无奈地摇摇头：在罗布泊哪有什么捷径呢？最远的路和最近的路，都是一条路。

罗布泊的偷渡者和闯入者

无论从哪个方向看出去，罗布泊的一望无际都会让人望而生畏。冬季，极寒，地面温度零下40℃以下，常常伴有凛冽的寒风。只要进入罗布泊，就如同一下子闯入了地狱：地上没有一棵草，天上没有一只鸟。风在盐碱壳间穿梭，把寒冷泼洒在每一个角落，让人无处藏身。夏季，极热，空气温度46℃左右，地面温度达70℃，鸡蛋摊在盐碱壳上会烤熟，空气中滚动的是热浪。一浪浪涌过来，用不了个把小时，人就会彻底脱水。春季，狂风漫卷，风头一波紧似一波，把能够扬起来的东西都扬起来，最大风力10级，而6、7级左右的风更是家常便饭。在风中，道路被湮没，沙丘在漂移，巨大的呼声像野兽的狂叫，能见度超不过3米。只有秋天，罗布泊才是安静的，风小、风少，一般中午的气温保持35℃左右，夜晚则在0℃左右，是穿越罗布泊的最好季节。

这样的环境里，在没有后期保障的情况下，步行穿越罗布泊的可能性几乎没有。因为，数百千米的盐碱滩，走过去至少也要半个月，就按每天每人喝一斤水，吃半斤粮食算，也需要30斤的重负，这已经是维持生命最基本的要求了。假如遇到迷路等意外情况，增加的时间和体力就无法计算了。

奇迹总是有人创造。在穿越罗布泊的旅途中，我们听到了几个有关罗布泊的故事，故事的主角是一些亡命天涯的偷渡者和一些突然的闯入者。他们偷渡或闯入的是无人看守的罗布泊，准确地说，是死神看守的罗布泊。

第一个故事：上海右派单枪匹马闯出罗布泊

这是一个流传很广的故事，只要进入罗布泊或在罗布泊的外围，许多人都会说到这个故事。我第一次听是在敦煌，是多次出入罗布泊的沙漠大叔告诉我的；第二次是在库尔勒，是出租车司机告诉我的。

20 世纪 50 年代有个上海人被打成了右派，遣送到新疆塔里木河流域的一个监狱劳动改造。他来到监狱后，老老实实接受改造，但心里面却老想着逃跑。由于那座监狱地处沙漠深处，过了沙漠就是浩瀚无边的罗布泊，只对进出监狱的交通要道进行了严密的把守，对通向罗布泊的沙漠则常年疏于管理。作为一个有着丰富地理知识的知识分子，他知道他的逃跑之路只有一条：那就是罗布泊。他更清楚：这是一条死亡之路。但他还是横下一条心要独闯罗布泊。

他是一个很有心计的人，在穿越罗布泊之前，他先是进行体能训练，每天都减少喝水和吃饭的量，把节省下来的馒头晒干，研成粉末，偷偷装在一个袋子里。久而久之，他竟然适应了每天只喝一点水、吃一点食物的生活。他估算着积攒的粮食够吃一个多月了，就毅然而然地出逃了。他背上干粮，抱了一只大南瓜，走出沙漠，走出了罗布泊。他在路上有什么样的惊险故事，有什么样的传奇遭遇，没有人知道。后来，从上海传来消息，说他还活着，监狱里的工作人员怎么也不相信。

那个讲故事的库尔勒出租车司机最后强调说：这是古往今来、全中国乃至全世界唯一不借助任何交通工具只身穿越罗布泊的人。

第二个故事："五朵金花"凋谢罗布泊

故事的时代背景还是 20 世纪 50 年代末，内地的五个资本家的女儿被安排到新疆建设兵团某地，不到一年，她们就无法忍受兵团的艰苦生活和超强度的劳动改造，偷偷相约逃出新疆，她们的出逃之路同样选择了罗布泊。

讲故事的人说，那五个女孩子是全疆最漂亮的女孩子，自从她们没有了踪影，团场的人们就四处寻找。开始人们只是在绿洲范围内找，谁也没有想到她们会走进罗布泊。很多年以后的一天，当人们无意间踫见她们的时候，已是五个面目全非的“木乃伊”了。

第三个故事：牧羊人一家五口殒命罗布泊

故事说的是塔里木河流域的一户牧羊人家。儿子和儿媳早晨出门牧羊，突然起了沙尘暴，天昏地暗，如同地狱一般。儿子、儿媳到深夜仍然未归，老两口就带着孙子在风停了的时候去寻找儿子、儿媳。不想他们的遭遇和儿子、儿媳一样，由于迷路闯进了罗布泊。老两口和孙子找到儿子、儿媳时，羊群早已失散，儿子、儿媳已经死了。老两口痛不欲生，没过多久也死了。剩下可怜的孩子，在罗布泊里，忍饥挨饿，没几天也死去了，村里的人为他们修了一座大墓，把祖孙三代五人合葬在了一起。

传奇罗布泊

千百年来，在大多数人的心目中，罗布泊都是一块神秘之地。其神秘在于一是很少有人涉足；二是自然环境变化巨大，让人难以琢磨；三是生态环境严重恶化，不利于人和动物、植物的生存。而对于曾经进入罗布泊的人来说，罗布泊仍然神秘，在神秘的背后，多多少少带有浓烈的传奇色彩。

在准备进入罗布泊的时候，我们的向导沙漠大叔就告诫我们：进入罗布泊的人千万不能有贪图财宝的想法。因为在以往的传说中，罗布泊掩埋了无数的金银玉器，尤其在古城遗址中留下了大量的珍贵文物。许多人就是听信了这样的传说，开着卡车、吉普车甚至拖拉机进入罗布泊，最后都以命丧黄泉结束了罗布泊之旅。

传说，在一个军垦团场里，有父子二人前往楼兰古城探宝，他们从若羌出发，在进入罗布泊的时候，准备了许多木橛子，走大约五六千米就钉下一根，走到接近楼兰十多千米的地方，他们坐的吉普车出了故障，修了好长时间没有修好，他们开始紧张，本来可以原路返回，但贪婪的父子二人继续前进，前进的过程中又走岔了路，结果是很痛苦地死在了罗布泊的荒野之中。很多年以后，进入罗布泊的探险队才发现了吉普车和他们的遗体。

还有的人开着推土机进入罗布泊，以为罗布泊到处都是财宝，随便一推就会露出大堆金银，不想走进罗布泊之后，推土机陷入深坑无法开动，人则是又

永远的罗布泊

饥又渴不能前行，只好丢弃推土机回家。

更有人进入罗布泊后，摄取财宝的梦想破灭，竟然丧心病狂地割断了重要军事设施的线路，将毁坏的电线烧掉，装几麻袋铜丝，还没有走出罗布泊就被捉拿归案，得到应有的惩罚。

还有一个民间传说。说是有一个勤劳的小伙子，尽管勤劳，但家里还是很贫穷。三十岁了，许多姑娘都嫌他穷，不肯嫁给他。小伙子从此离开家乡，专门穿越罗布泊，为大户人家运送贵重的物品。常年在罗布泊奔波，小伙子不是被大户人家盘剥，就是被沿途的土匪打劫，仍是身无分文、一贫如洗。有一天，来到一座沙丘下面，小伙子突然间很是沮丧，不由得眼泪哗哗直下，想想自己的人生遭遇，谁会比自己更悲惨呢？小伙子仰天长叹：老天爷，你为什么如此不公呢？就在这时，骆驼不停用粗大的蹄子刨地面上的沙土，蹄子落下时有空洞的回声。这下，小伙子警觉了：难道这下面有东西？小伙子小心翼翼地挖开沙土，发现这里埋着一口大箱子，取出箱子打开后，竟然是整整一箱金子。

这个故事的结局和所有中国民间传说故事的结局一样：小伙子有了钱，找到了一位漂亮的姑娘，并把自己的钱分给了周围贫穷的邻居，从此，他们过上了幸福的日子。

听完这个故事，就像沙漠大叔所说：心怀善念的人，总能得到罗布泊的护佑。

罗布泊海市蜃楼

罗布泊病

在进入罗布泊之前，我以为仅仅是几天的行路，仅仅是几天行路过程中的艰苦，没什么大不了的。可进入罗布泊之后，情形就大不一样了。行程比原先预计的更艰难，景色比原先想象的更单调、更荒芜，简直就是天下第一荒芜，

是那种让人绝望的荒芜。沙漠大叔说，飞鸟都不敢误闯罗布泊，不然，漫长的飞行，飞不出罗布泊，它就会渴死。的确，一路上，尤其在罗布泊湖区的广大范围里，我们没见着一只鸟。

起初，考察队员们还都兴奋无比。毕竟，能够进入罗布泊是一个人一生难得的机遇，每个人都摩拳擦掌，准备着见一番大世面、有一番新发现，都表现出兴高采烈的样子。见到广阔的戈壁、见到无边的沙漠，年轻的考察队员们首先要“哇”的一声表示惊讶，更表示一种愉快的心情。后来，大概是考察队进入罗布泊的第三天，就很少有人说话了。大家个个神情严肃，似有所悟，又似异常劳累，懒得动身动嘴，看起来深沉极了。到了第四天，个别考察队员憋不住了，稍稍有人说了一两句，他们就大发其火，这时，对方也是火冒三丈，两股火苗遇在一起，猛烈地打嘴仗，就连劝架的人也是怒气冲冲，不知道这怒火从何而起，从何而烧，还越烧越旺。

经历了这次群体吵架事件以后，大家都开始注意克制自己。

在旅程中，我个人的感觉是有来自冥冥之中的无限的沉闷在挤压着我，让人透不过气来。在这样的沉闷中，人不仅不想说话，连行动也变得迟缓。比如说：某某某让你拿一件东西，那件东西就在手底下，只是举手之劳的事情，可你先是一愣，等人家说第二遍的时候你才反应过来，反应过来后又东找西找，那东西近在咫尺，就是看不见。还比如，在下车步行的时候，你脑子里想着向这边走，可脚步却不听使唤地走向了那边。弄得别人都说：你有病，非要走土多的地方。

沙漠大叔一再告诉我们，人到了罗布泊四天之后，就会得“罗布泊病”，所谓的“罗布泊病”，就是性情粗暴、反应迟钝、忧郁易怒……这时候每个身在罗布泊的人，都像一堆干柴，遇到一点火星，就会燃起熊熊大火，这样的局面最不好收拾。

沙漠大叔说，他一般带团进入罗布泊都是走大海道，即从敦煌进入，上罗布泊东岸、下罗布泊，经罗布泊镇、大十字、湖心、余纯顺墓地、上罗布泊北岸、抵达吐鲁番。一路上他都是星夜兼程，四天的行程，三天半就赶到，为的是不让大家染上“罗布泊病”。要不然，带上几十人甚至上百人的队伍，互相吵嘴、打起架来，后果不堪设想。

我们这次的考察基本上是对罗布泊的东西南北大穿越，路程远、周期长，大家肯定得得“罗布泊病”。得病不怕，沙漠大叔有治病的法子。无论是在车上，还是在营地，他都窜到人多的地方，给我们讲罗布泊的故事，有些故事是他所经历的，有些故事是他听别人讲的。他无数次进入罗布泊，遇见不同的人，发生不一样的事情，他总有讲不完的故事。在一个目的地，他就给我们讲述即将到达的另一个目的地的各种情况，当然是讲最具诱惑力和最具魅力的事情，提升大家的情绪。当我们遇到困难的时候，他总是说，这已经好多了，比起他遇到的各种险情，那简直不算什么事……我们就缠着他讲故事。

我们的车上装了许多白酒，这是沙漠大叔要求的。秋季，罗布泊早晚温差大，太阳出来的时候，暖洋洋的；中午，热浪滚滚，酷热难当；到了晚上，凉风嗖嗖；深夜则是寒冷异常，常常把人从睡梦中冻醒。每到营地，吃过晚饭后大家喝几杯，不仅可以驱散一天的疲劳，给身体增加热量，还可以调节沉闷的气氛。

“罗布泊病”是罗布泊的特产，当我们走出罗布泊，在塔里木河流域色彩缤纷的胡杨林里安营扎寨的时候，大家的心情都豁然开朗，都对自己在罗布泊的所作所为感到内疚，互相敬酒致歉，其乐融融，如同亲人。

半瓶水

水是生命之源，这句话在罗布泊体现得尤为具体。每一个穿越罗布泊的考察队都依惯例会带一辆给养车，负责运送水、油料、粮草、炊具、帐篷等。在罗布泊，由于极端干旱和燥热的天气，人可以一天不吃饭，但不能一天不喝水。道路崎岖难行、遥远无际，人在罗布泊有许多不确定因素和变数。你以为这条路可以通向某某地方，可因为去年的一场大风或者洪水的冲击，走着走着，眼前的道路中断了，就只能原路返回；你以为汽车的油箱里加了多少多少升汽油，应该跑多少多少千米，但因为沙地和盐碱滩，实际的油耗量常让你大吃一惊。

七天的行程准备八天的水、油料，还要节约着用，要不遇到特殊情况，将陷入绝境。

在进入罗布泊之前，考察队领队王金就严格规定了考察队员每天的用水量，要求队员进入罗布泊后，不能洗脸、不能刷牙。每个队员都带了好几双袜子，穿脏、穿臭了，扔掉，穿新的。没办法，对于一个 15 人的考察队来说，仅仅一辆卡车所载运的给养是十分有限的。

每天拔营开始新的旅程的时候，第一件事就是分发饮用水，每人每天三瓶矿泉水，大家都把它放在随身携带的旅行包里。每天到达宿营地的第一件事就是收集好自己喝剩的水，第二天继续喝。

当考察队进入最艰苦的路段时，不知谁把喝剩的半瓶水随便扔在了宿营地，

一路上温文尔雅的领队忍不住发了火，他说了许多过激的言语，弄得大家谁也不敢出声。当时，紧张的气氛如同两军对垒的一刻，那半瓶水举在王金的手里，像一颗炸弹。

最后，王金决定，这半瓶水归他，发水的时候少给他一瓶。从此，考察队里再也没有发生过浪费水的事情。穿越一次罗布泊，大家都养成了节约用水的好习惯。

塔里木河

一直想看看那条河，想象中它碧波万顷，涌动着潮水般的绿色，有一种遥远的神秘。这次穿越罗布泊，从它的身边走过，它却是那样的矜持，一条古河道，更像是一条水渠，没有河的气魄。当地的维吾尔族老人告诉我：这已经不错了，有这么多的水。老人所说的这么多的水，指的就是那一渠缓缓流动的水。我有些惊愕：一条如此著名的河流，它的状况竟然是这样！

在塔里木河的一个水文站我伫立良久，水是绿色的，很清。沿河的胡杨稠密、

塔里木河边的胡杨林

塔里木河边的胡杨林

茂盛，紧紧围着河堤，它们的根系可能早已深入到了河床地带，看它们健康的样子，就说明它们是营养丰富的孩子。但离开塔里木河远一些，情况就有了变化。天气燥热，盐碱滩或沙漠上生长着红柳、骆驼刺、罗布麻等。最值得一提的是罗布麻，它细长的枝条迎风舞动，夏季的时候还开好看的花，秋天则长满了扁长的叶子，等到天气变冷，叶子全部脱落，枝干就成了棕色。别小看这棕色的枝干，折一把，用手一捋，木质部粉碎，表皮的一层就是结实的麻了，可以用它做绳子、织布，罗布麻的叶子和花还是降血压的中药材。而高大的植物，就数胡杨了。塔里木河流域是世界上仅存的三大胡杨生长区之一，或者在沙丘上，或者在碱滩里，一丛丛、一簇簇，有幼小的围成一团，有壮年的独立支撑茂密的枝叶，有苍凉的虬枝嶙峋，它们组合在一起，一个树种的沧桑展现无余。胡杨就是这样一种树，当你面对它的时候，它总带给你巨大的震撼。苦难、孤独、顽强……完全是一个勇士的品格。

在胡杨林，我独自走走停停，一步步丈量着一条河流与一片树林的距离。

塔里木河的牛群

我记得，胡杨的根系可以横向和纵向伸展一百多米，我丈量的结果正是在这个范围之内。沿河一百米之内的胡杨密集成林，而一百米之外，则稀稀疏疏；更远的地方，一棵一棵的胡杨像是被遗弃的孩子，我急匆匆走向那里，发现它们并不是“孩子”而是老人，粗大的树干被风沙湮没，暴露在外面的部分，应该说是枝条，尽管是枝条，它们也像顶天立地的树。无限的沙漠中，它们汲取有限的水分；恶劣的环境中，它们努力扩大自己的生机，只要把整座沙丘抛开，那里面，全部是胡杨活着的身躯，它是这样庞大的身躯，维持着我们所能看见的那点点绿色。

这使我又联想起塔里木河。一条河流的情形莫不如此。在极端干旱和荒凉的境地，一条河流行走的步伐该有多么艰难。这是可以判断的。在人类大肆掠夺自然资源的年代，一条河流还有清澈的巨流，已经很了不起了。

罗布泊之夜

在罗布泊住了几夜，每天都是匆匆忙忙。安营扎寨费去了很多时间，做饭、吃饭也得一阵子。这样下来，就已经累得够呛，躺进帐篷就睡着了。

有一天起夜，竟发现罗布泊的夜晚是那样的宁静、安详，有点点的星光悬挂在头顶，仿佛伸手可触。突如其来的景象让我无法入睡，于是，我披上大衣，坐在一个土丘上，度过了那漫漫的长夜。

不像平原和绿洲上的夜晚，总有高大的植物遮挡广阔的夜色。在罗布泊，一望无际的深蓝色的夜的纱绸，被月光照亮，被星光点缀，朦朦胧胧的，很诗意。

无风，只有阵阵的凉意让人清醒，夜晚无遮无拦地敞开它的胸怀，人融入夜晚的一刻，确实有着销魂般的醉意。回忆几天以来风尘仆仆的经历，罗布泊留给我们的只是极端的荒凉和干渴，我们提心吊胆地行驶在崎岖不平的路面上，生怕汽车突然间熄火，把我们丢在这地上不长草、天上无飞鸟的罗布泊。十月的罗布泊，只有盐碱和寂寞。

如此恐怖的罗布泊，它的夜晚却显得格外温柔，这是我没有想到的。在这样的夜里，细品，空气里弥漫着淡淡的咸味，就像坐在海岸边，嗅到了大海的气息。这样的夜晚我并不陌生。小时候，在敦煌东缘的草原上放牧，那里的地质状况跟罗布泊多少有点相似。只不过盐碱地上会渗出水，会长出芦苇或者骆驼草。我常常在那样的夜晚去泉边背水，凉风习习，夜色无边，星星和月亮在

罗布泊的夜

泉水里晃动，草在远处涌起波涛，空气里也有一股盐碱味儿。我想，几百年前、几千年前，罗布泊可能也是这样，有水，有草，有牧人去泉边背水，也有旅行者在草地上安睡。

如今，当夜色掩盖了一切狰狞的面目，罗布泊是安详的，甚至是美的。但愿这样的夜色永不褪去，永不褪去。

一匹马

我一直以为草原是马的故乡。在奔向草原的那一刻，我最想看见的是一匹马或者一群马。可是，终究让我失望了。

就在这次走出罗布泊之后，我去了博斯腾，看见了草原。那些被铁丝分割的草场，使草原的形象破裂了。如果有一匹马、一群马，在这样的草原，它们的奔跑会显得十分谨慎，步伐会有所顾虑。

那是一个雨水密集的秋天，草长得好，羊群在壮大，而马，稀有了。草场的主人说，现在都骑摩托车放牧，养马不划算了。看来，在草原，马是一个经济问题。

马曾经是牧人代步的工具。在那遥远的年代，马的速度，马的威猛，缔造了草原的辉煌。一匹马，就是一个神话；一匹马，就是一阵自由、快活的风。想想看，还有什么比马的英俊潇洒更能直接地表现草原的风格呢?

马背上的草原，马背上的民族，如今远离了马的身影，历史传承中的变异投射了怎样的信息呢? 只有马头琴呜咽的音符，在追溯，在怀念。

今天的草原，岁月逝去，马亦乘着那千载白云悠悠远去。

可我还是看见了一匹马，据说那是一匹很老的马，但看上去很精神。我正要进入帐篷的时候，它在一座巨大的草垛后面打了个响鼻，这让我一惊，主人告诉我不要怕，那是一匹马。本来用它驮水，现在用了拖拉机，也舍不得杀它，

毕竟跟随主人走南闯北十几年，有感情了。

主人说，那是一匹好马。在一场暴风雪中，它马不停蹄地跑了一整夜，把他从死亡线上拉了回来。当时很多人都以为他回不来了，因为从来就没有一匹马能够穿过那险峻的冰雪达坂。

这绝对是一匹来自草原的英雄马，大大小小的草原上，有大大小小的英雄马，马头琴弦上那高昂的旋律，仍然飘荡着奔驰的灵魂。它们被传唱，亦被神化，而眼前的这匹马，就是一匹创造了神话的马。

没有马的草原空空落落，只有一匹马的草原，除了空落，还有点悲凉。

在帐篷里，吃热的手抓肉，喝烈性的烧酒，朋友们在唱歌、跳舞，但我分明能听见不远处的草垛子下，那匹马打响鼻的声音。

它是在怀念那惊心动魄的岁月吗？

它的兄弟姐妹，它的父亲祖父，如草原上自由的风，使每一根草都有坚硬的身躯，使每一条溪流都有坚韧的性格。而它，老了。英雄的马，只存在于传说之中。

马到底奉献了什么

有一句关于马的诗，让我终生难忘：天空下面孤独的过往者／为什么马会在他们眼里成为泪水……我自认为，这是写马的诗句中最悲凉的一句。一个流浪者，他孤独的身影像一片云，被风刮来刮去，虽然他不能主宰风的命运，但化为雨的那一刻是悲凉的。就像那句诗中的“泪水”，难道仅仅是一匹马的影子吗？

在罗布泊，我们一直走在荒地上；走出罗布泊，视野里仍然是一片荒地。我之所以使用了“荒地”这样的词汇，是因为我知道什么是草原。尽管很多人都判定若羌的许多地方是绿洲与草原的结合部，但实际上，它还是一片荒地。荒地正是马的领地。

绿洲的外围，是戈壁、沙漠以及碱化的土地，这决定了这样的土地不会有茂盛的草。草艰难地生长，占领着每一块积累了雨水的洼地，靠着这些有限的雨水，它扎根、抽芽、分蘖……最后成为一束草，生命完成的整个过程，像是一场战斗。

而那一束束草，是心甘情愿为一匹马或者一群马所准备的。在荒地上，我仔细观察过一匹马吃草的情形：宽大的嘴唇先是抚去草上的尘土，然后吃掉草上部的嫩叶，留下可以延续生命的主干部分。马吃得满足了，就一连打几个响鼻，或者仰天嘶鸣……这时候，所有的草都听见了，在微风中惬意地摆动着身躯。

无论是早晨还是在黄昏，荒地上都有一些马。荒地上没有放马的人，只有马。因为人们知道，马在荒地上，马就处在了最自由的马厩。

一匹马所处的位置往往被人们所关注。战死疆场，马革裹尸，御马八驾……都会被赞颂。在缓慢的时光中，如果一匹马冲出，像急速的闪电，那么，它就近乎神话。在遥远的年代，在罗布泊，在罗布泊周边地区，在那片荒芜的荒地上，出过天马。有一首不知名的诗是这样赞扬这些地区的：这里是天马的故乡。其实，据我所知，所谓的天马，是那些能够吃苦耐劳的马，日行千里，肌出汗血，西域叫汗血马。

马奔向爱和末日，马的精神，就是抛开一切，向前，向前，向前……一往无前的马，为人类的未来踩出了一行蹄印，这蹄印人类还没有来得及辨认，就被时光抹平了。在古代，“剑刃上的盛夏／有马的弧度／和半径”，而今天，马想从我们身边跑到哪里去呢？在我们还没有回过神来的时候，找到一匹马，已经不是一件很容易的事。即使在马的故乡，在那片荒地上，也只有懦弱的羊，互相拥挤，互相抱怨……

罗布泊家书

因为是第一次进入罗布泊，因为知道罗布泊的凶险，在与家人离别的那一刻，真还有点难分难舍。

罗布泊有许多世界第一：世界上最干旱的地方，世界上最大的盐泽，世界上最荒芜的地方，世界上最大的无人区……单是听了这些名称，人就心虚。

尽管考察队做了充分的准备，但我还是告诉妻子，如果有一天没有我打来电话，就增加二十万元的人身意外保险，这样即使有什么不测，有了几十万，女儿也可以受到良好的教育。后来，我们在进入罗布泊的前一天，为了赶路，从早晨到晚上十二点一直在路上，本来规定的每人可以用一次卫星电话与家人通话，可谁也没用，到了宿营地，就都呼呼大睡了。第二天，我一想坏了，妻子可能去保险公司又为我保了二十万元的人身意外险！

我们的行程进入第三天，终于有了手机信号，“尊敬的用户，欢迎你来到祖国的西部边陲——新疆，中国ＸＸ提醒你给你的家人报个平安，预祝你旅途愉快，身体健康！”其实，此时我们已经进入了罗布泊，来到了罗布泊唯一的行政机构——罗布泊镇。罗布泊镇的标志就是两座高耸的铁塔，是移动电话的信号发射塔。手机有了信号，这让全体考察队员异常兴奋，大家纷纷下车打电话。我一连给家里打了好几个电话，问候女儿、妻子和父母。我激动地告诉家人：我们此刻就在罗布泊，几天来，我们风餐露宿，现在终于看见罗布泊了。

在后来的行程中，考察队迷路了，三辆车脱离了联系，气氛紧张得不得了。我在手机上写下了这样一则短信：我们在锰矿，汽车没油了。不知道其他两辆车在哪里，我们的车上没有任何给养，只能靠锰矿的老板接济。相比之下，我们是幸运的。

以后，手机断断续续有一些信号，只要有信号，我就能收到很多短信，大都是妻子发来的，大意是：女儿如何如何，家里如何如何；家里已经有点冷了，罗布泊冷不冷……看了这些短信，我心里热乎乎的，虽然身在罗布泊，也能感受到春天般的温暖。

走出罗布泊的那一天，我们在新疆建设兵团某地扎营，四周是棉花地，远处是塔里木河和胡杨林，空气清新、湿润，考察队员都去团场洗澡、购物去了，只有我一个人躲在帐篷里给家人发短信："我们死去活来，走出了罗布泊，在塔里木河边看星星。"那时，对于我来说，能够坐在一条著名的河边看星星，确实是难得的幸福。

罗布泊的寂寞是永恒的寂寞，罗布泊的家书，却是长久的温馨。在我的手机上，我保留了那珍贵的几则短信，因为它见证了我人生中最难忘的一段往事。

参考书目

《新疆风物志》李春华主编，新疆人民出版社，2011 年版

《中国丝绸之路交通史》交通部中国公路交通史编审委员会编，人民交通出版社，2000 年版

《丝绸之路上的外国魔鬼》[英] 科克 著，杨汉章 译，甘肃人民出版社，1983 年版

《丝绸古道上的文化》[德] 克林凯特 著，赵崇民 译，新疆美术摄影出版社，1994 年版

后 记

走出罗布泊，回忆七天以来的每时每刻，那是我们每个人一生都难以忘怀的。一路的艰辛，一路的欢乐，罗布泊带给我们的，并不仅仅是记忆，更多的是启示。

在吐鲁番，当领队宣布考察团解散的时候，大家竟有点依依不舍。“班长”为我们做的最后的“散团饭”可口又解馋，这时，我们把目光都投向了他。“班长”原名柴新虎，当过炊事兵，复员后在电厂当过电工，在医院做过护理，一个偶然的机会，成了华藏山社的一员，立志投身于罗布泊的环保事业。“班长”不言不语，但每当我们安营扎寨的时候，他就忙活着为我们准备各种饮食，使我们在罗布荒野也能享受到家的温暖。

谁丢了一个烟头，谁随便扔了一个矿泉水瓶，他都要严厉批评，并讲明环保的重要性。车到一处，只要看见垃圾，他都会亲自去拣。晚上大家都休息的时候，他默默烧掉不能再生利用的垃圾，把可再生利用的垃圾分类装在塑料袋里，到有人烟的地方，把它们送到垃圾站。“班长”在干这件事的时候，专心致志、一丝不苟，让我们肃然起敬。

“班长”的传奇故事在于他的婚姻，可以说是罗布泊成全了他一生的良缘。在一个穿越罗布泊的旅游团里，他碰见香港姑娘黄彩云，黄彩云在旅游团是负责护理工作的，与“班长”有共同的爱好，加之“班长”献身罗布泊环保事业的决心，香港姑娘悄悄喜欢上了其貌不扬的“班长”，不久，他们就结为伉俪。为此，“班长”除了做罗布泊的环保卫士，每月还要去一趟香港。听说，很快“班长”就要当爸爸了，我们衷心地祝福他。

还有沙漠大叔、世居敦煌的探险爱好者赵建平，他们吃苦耐劳的品格，乐观积极的人生态度，都令我们难忘。

大家相约，有机会再去罗布泊；下辈子，还去罗布泊！